经典写作课

寻找一个角色

In Search Of A Character

Two African Journals

〔英〕格雷厄姆·格林 著

Graham Greene

傅惟慈 译

人民文学出版社

PEOPLE'S LITERATURE PUBLISHING HOUSE

著作权合同登记号　图字 01-2022-4263

图书在版编目(CIP)数据

寻找一个角色/(英)格雷厄姆·格林著；傅惟慈
译. —北京：人民文学出版社，2023
（经典写作课）
ISBN 978-7-02-018170-4

Ⅰ.①寻…　Ⅱ.①格…②傅…　Ⅲ.①日记-作品集
-英国-现代　Ⅳ.①I561.65

中国国家版本馆 CIP 数据核字(2023)第 145630 号

责任编辑　朱卫净　邰莉莉
封面设计　钱　珺

出版发行　人民文学出版社
社　　址　北京市朝内大街 166 号
邮政编码　100705

印　　制　山东临沂新华印刷物流集团有限责任公司
经　　销　全国新华书店等

字　　数　80 千字
开　　本　889 毫米×1194 毫米　1/32
印　　张　4.625
版　　次　2023 年 9 月北京第 1 版
印　　次　2023 年 9 月第 1 次印刷

书　　号　978-7-02-018170-4
定　　价　39.00 元

如有印装质量问题，请与本社图书销售中心调换。电话：010－65233595

目录

序　言 ①

　　我把我的两部小说的背景放在了非洲:《一个自行发完病毒的病例》在比属刚果 ②,《问题的核心》在塞拉利昂 ③。不过,情况完全不同:一九五九年一月我去比属刚果时,一部小说已经以某种形式在我脑海里形成了——一个陌生人出现在一个偏远的麻风病人聚居地。我通常是不记笔记的,除非是写旅行类书籍。但这一次,为了建立一个真实的医学背景,我必须做笔记。不过,即使日复一日地以日记的方式记笔记,我也犯了错,我的朋友雷沙特医生后来不得不更正这些错误。既然不得不记日记,那我就利用这个机会自言自语,记录一些想象中的对话和事件,其中一些出现在了我的小说中,而有些则被丢弃了。我是从刚果回来四个月后才开始工作的,但不管怎样,好与坏,小说就这样开始了。从未有过一部小说如此令人沮丧。读者在几个小时的阅读中只需忍受日记中的"X"和小说中的"奎里",但作者不得不与他,还要深入他,一

---

① 　傅惟慈原译稿中无此篇序言,此次出版时由编者补译收入。(本书除标明"原注"的注释外,其他脚注均为译者所加。)

② 　刚果旧称。

③ 　塞拉利昂共和国,简称塞拉利昂,位于西非大西洋岸,北部及东部被几内亚包围,东南与利比里亚接壤,首都是弗里敦。

起生活十八个月。年岁渐长，写一部小说并不会变得更容易，对我而言，写下最后一个字，再开始另一部长篇小说，总让我痛苦不堪。

第二本日记，是我在一九四一年随一个船队去西非时写的。当时正值战争期间，我们所有人的生活和未来似乎都不确定。我的脑海里没有任何一本书，尽管我记得在旅行中读到了迈克尔·英尼斯①写得很棒的一本侦探小说，这使我的注意力转向了《恐怖部》——一部我在弗里敦工作之余写的随性之作。这是我第二次访问西非——第一次是在一九三四年，当时我穿过塞拉利昂到达利比里亚边境，然后穿过这个陌生的国家，抵达大巴萨县的海边。我现在的目的就是工作——政府的工作内容相当含糊。在拉各斯的几个月和弗里敦的一年里，出于安全考虑，我没有写日记，所以没有记录这段古怪的生活，其中包括这样的插曲，有个警察局长被一个好心的军情五处特工逼得失去理智，以及我自己与远在两千英里②之外的上司发生了争吵，他不再给我钱让我继续我的工作。愿他灵魂安息！他现在死了，我是他一次痛苦的考验。

---

① 迈克尔·英尼斯（1906—1994），英国作家、教育家和学者，分别以笔名和本名发表长短篇小说、剧本、评论及学术专著等。他在澳大利亚大学任教时，开始创作推理小说。代表作《校长宿舍谋杀案》《艾伯比的终点》是推理小说史上的经典。
② 英制长度单位，1 英里约为 1.6 千米。

　　我当时并没有意识到一部小说已经在那些年冒了出来。五年后当我开始写《问题的核心》时，笔记的缺乏让我很后悔。弗里敦生活的很多小细节已经永远陷入了无意识中，我待的时间太久了，以至于把很多东西视为理所当然，我的视觉想象力太弱，记忆力又很差。在《这是战场》一书中，助理指挥官从皮卡迪利大街到苦艾丛监狱①的行程是按照一个街道一个街道展开的。随着年龄渐长，我的记忆力变得愈加糟糕。为了写《文静的美国人》，我三个月去了四次中南半岛，但在写《一个自行发完病毒的病例》时又不得不中止了。

　　这些日记本来不是为了出版，但作为小说家积累的一些素材，人们可能会有些兴趣。我一生中丢弃的东西比保留的多多了，但我注意到的一点是，事情发生的那一刻才最有创造的乐趣。

---

① 位于伦敦西区哈默史密斯和富勒姆区的一所男子监狱。

刚果日记

一九五九年一月三十一日

关于我计划中的这部小说，我脑子里只有一个场景：一个人"突然到来了"。就是为了这个原因，我发现自己正在搭乘一架从布鲁塞尔去利奥波德维尔①的班机。我在寻找书中的这个人物，但我的寻找还不能止于利奥波德维尔。X（书中的主人公）一定熟悉利奥波德维尔，他也途经这里，但是他在我的意识中出现的地方是一个麻风病治疗区，坐落在刚果河上游几百英里处。那个地方或许就是庸达，或许是距离利奥波德维尔有四日行程的几个更小的治疗站之一。对于书中的这个人物，我同那些勉强收留他的主人一样一无所知。我甚至想象不出他去的那个地方是什么样子，不然为什么我要迢迢千里地到那里去呢？这个人并不缺少钱财；他可能是坐汽车去的，但也许是搭乘一艘老式内河轮船，或甚至是坐独木舟去的。他心灰意懒地投身到这个麻风病病人聚居的地方——这件事在现实生活中是否可能呢？——他究竟抱着什么动机？这一点我同治疗站的神父、医生一样，一点儿也不了解。我的这部小说要写这样一个谁也不了解

---

① 利奥波德维尔，非洲刚果（金）首都金沙萨的旧称。

的人，因此我必须去寻找他。我还想象不出我要写的是
怎样一个情景；故事发生的场所对我也很陌生，正像我
的主人公刚刚踏上那块土地一样。

二月一日，星期日，利奥波德维尔

　　立刻就有一大群素不相识的人来接待我，但其中并没
有人预先警告我会在这里碰到那几个人。这是一座崭新的
城市，盖起了不少小型的摩天楼——我就是在其中一座
十四层的楼上吃的午饭。刚一出飞机场就能嗅到非洲的气
味，这气味是一九三四年我去利比里亚途中在达喀尔 ① 第
一次嗅到的。后来这种气味就屡屡扑进我的鼻子来，不仅
在西非，而且在卡萨布兰卡的飞机场上，在内罗毕的乡间
公路上也都能闻到。是来自炎热？来自土壤？来自热带植
物？还是从非洲人皮肤上散发出来的？
　　午饭后脱光衣服躺在萨本纳旅馆里，但马上就被敲门
声吵醒了。我顺手拿起一件雨衣披上，打开房门。站在我
面前的是一个年轻女人，口吃得厉害，很久很久我听不

---

① 　达喀尔，非洲塞内加尔首都。

清楚她在说什么。这个女人走了以后，分程转寄的报纸来了。①

　　位于利奥波德维尔城中心外的街道上仍有坦克、卡车和排成纵队的黑人士兵在巡逻，令人想到印度支那战争。

　　同一个商人共进晚餐。商人不可避免地谈到女人，我也自然怂恿他谈下去。这里的"办法"似乎是乘一辆汽车在当地人居住区兜风，直到相中一个目标，然后提出准备要出的价钱叫汽车夫去搭讪。如果是个已婚妇女，一定要取得丈夫首肯她才肯同你走。对于像我这样的"候鸟"来说，出租汽车司机总会物色到一大串女人，但你必须首先跟他讲明要找什么类型的。这里也有少数所谓的"自由女郎"在家中接待客人。性病统计数字很低。黑人妇女比欧洲女人更注意身体清洁，也更贞洁。但另一方面她们对这种事看得不那么复杂，尽管同另外的人有了这样一种关系也永远不会排斥自己的丈夫。

　　请我吃饭的那个人早上用汽车带我出去兜了个圈子，到了本地人居住的市区（这里实际上有两个城，老利奥城

————————
① 两周前利奥波德维尔曾发生严重的暴乱，新闻记者们都坚信我几个月前就已计划好的这次旅行，是为了报道这里发生的骚乱。——原注

和新利奥城），他叫司机把帽子摘下来，免得引人注目。①
直到新成立的大学罗宛尼亚姆，一直给人一种非常空旷的
感觉，会不会总是这样下去？后来汽车转了一个弯，开到
斯坦利②纪念像，一座样子又蠢又难看的雕像，据说当年
斯坦利就是在这里建立营地，准备到刚果河和普尔区去探
险的。远处是一座座高层建筑和新建的公寓大楼。

"'这里也曾经是地球上一个黑暗的角落。'马洛突
然说。"③

同情报局官员在他的十四层楼的公寓里吃午饭。谈到
吉博尼教，吉博尼教徒相信四十年代死于伊利莎白维尔狱
中一个叫吉博尼的人已经成神，有人把当前这里的骚乱归
咎于这些教徒。同我谈话的这人的妻子和小孩都在布鲁塞
尔。这是一个英国广播公司职员类型的人，热衷自己的工
作，近于狂热、神经质的程度。

在同几个新闻界的不速之客周旋了一会儿之后，我去
了利奥城一个年轻、富有的贵族家里。见到一个很漂亮的

---

① 这句话听起来是对非洲人的感情有些太敏感了，但实际上并不是因为
　这个。他是害怕被人家扔石块。——原注
② 亨利·莫尔顿·斯坦利爵士（1811—1909），英籍非洲探险家。
③ 引自英国小说家约瑟夫·康拉德《黑暗之心》中的一句话。马洛是该
　书中的一个船长，指挥一艘汽船沿刚果河深入非洲。

年轻女人，穿着蓝色牛仔裤的两条长腿交搭着。她是一位穿着骑马服的中年人的妻子。丈夫很有钱，靠制造筑路压碎机白手起家，脸相很聪明但显得有些怪僻。

二月二日，柯齐哈特维尔

雷沙特医生到机场接我，带我到庸达。一座有八百麻风病患者的花园式城市。晚上房子外面一群群的人围坐在篝火旁边。医生查看病历，检查病人皮肤，用酒精洗手消毒；这里的病人都是传染性的。一旦神经末梢感染上病毒，手指或脚趾就要烂掉，但病症发展到这一程度也就抑制住不再继续扩散了。①

因天气炎热，又不断会见生人，我感到很疲倦。主教正在庸达祝贺一位修女的大赦年。我感到情绪低沉。② 我住的屋子光秃秃的，连个挂衣服的地方都没有。公用淋浴室里有五只大蟑螂。我为什么要到这个地方来？晚上，总

① 雷沙特医生后来告诉我，这些烂掉手指或脚趾的病人有不少害的是非传染性麻风病。即使所谓开放性的病患者其传染程度也不完全相同。麻风病的危害性实际上是被人们夸大了。——原注。

② 主教在早晨十点钟的暑热天气中，非叫我喝不掺水的威士忌不可，尽管他是出于好客。——原注

督和夫人来喝酒——一个慈母型的女人，要我把她写的书
译成英文，她写过一本书，自费出版。天黑以后蚊子十分
猖獗。

　　一个故事。一个老希腊人，小店主，发现他的店员
同他的刚果妻子同床共枕。他一句话也没有说，到外边
去用全部积蓄买了一辆老掉牙的旧汽车。汽车太旧了发动
不起来，必须有人在后面推，谁也不理解他为什么要买
这样一辆破车。他解释说，他快要去见上帝了。在见上帝
以前，要尝尝开车兜风的滋味。就这样，由几个人在后面
推着，直到汽车的引擎开始转动起来。老希腊人坐在汽车
方向盘后面，直向山坡下面柯齐哈特维尔广场驶去。一路
按响汽车喇叭，把自己商店里的几个店员都吸引到了店门
前。他不敢把车停住，因为只要一停，车就再也发动不起
来了。他招呼那个同他妻子通奸的店员，叫他站出来等着
他。他在广场上转了一个圈，然后把方向盘一扭，笔直
地把车开到站在店门前面的那个奸夫身上。店员没有被
撞死，只不过两条腿被轧断，骨盆也粉碎了。老人下了
车，等着警察来逮捕他。这是本地一个新来的年轻警官遇
到的第一个刑事案件。"你干出什么事啦？"警官说。"我
干出什么事关系不大，你还是看看我现在要干什么吧！"
老头话刚说完，就掏出一支手枪，对准自己脑袋开了

一枪。①

二月三日，庸达

　　一切突然发生了变化。在黑暗中被隔壁小教堂的祈祷声吵醒，但马上又进入梦乡，一直睡到七点钟。阳光灿烂，空气仍然非常新鲜。沐浴的时候也没有看见蟑螂。一个神情非常疲倦的神父——身材高大、纤长的手指、面容憔悴——在一座黑人神学院教书。除神父和教师以外，整个这一地区只有一个白人。一位蓄着红色胡须的神父，嘴里老是叼着雪茄烟蒂。一个未入教籍的修士，身体健壮，性格腼腆，曾蹲过日本的战俘集中营。从表面上看这个人似乎很不友善，但在我的故事的结尾部分这个人出人意外地为 X——我的故事中的主人公——进行了辩护。② 讲到那位神情疲倦的神父，他到麻风病治疗区来休假，生活该

---

① 小说家非常节约，有点儿像精打细算的家庭主妇。只要是迟早或许有用的材料，不管是什么他都不肯轻易扔掉。在这一点上或许把小说家比作中国厨师更恰当：中国厨师在烹调鸭子时没有哪一部分他不做成一道菜。上面这个故事——由柯林医生的嘴说出来——帮助我填补了《一个自行发完病毒的病例》中的一个空白。——原注
② 这一构思后来被舍弃了。

是多么痛苦啊!

　　在住房里添了一个衣架,权当衣柜使用。这样我的屋子看起来就更像一个家了。步行到刚果河畔。大树裸露着树根,宛如木船的龙骨。如果乘飞机从上面看,这些大树兀立在绿色地毯般的丛林之上,顶部呈现棕黄色,像一株株花椰菜,树干却像爬虫一样歪歪扭扭。白鹭东一只西一只地站在个子矮小的咖啡色牛群中间,像一块块积雪。辽阔的刚果河水流湍急,有如纽约一座座大桥上川流不息的车辆。从康拉德①描绘非洲起,这里并无任何变化。"一条寂寥的大川,深邃的寂静,一片无法进入的幽暗的丛莽。"②从远处看,河面上漂浮着一个个长满野草的小绿洲,流向它们永远也无法到达的大海。小的绿洲像一个个水桶盖,大的也不比桌面大多少。它们从遥远的非洲腹地漂浮到这里来,你拥我挤像一群群野鸭③。两艘锈迹斑驳的铁船。一大片蓝色睡莲,一家三口人坐在一艘平底船上;妈妈穿着鲜艳的黄衣服,小女儿怀里搂着小贝贝,笑得那么开朗,像一架盖子打开的钢琴。

---

① 约瑟夫·康拉德(1857—1924),原籍波兰的英国著名小说家。他的名作《黑暗之心》也以刚果为背景。

② 格林引用的句子即出自《黑暗之心》。

③ 后来我才知道,这些小绿洲原来不是草,而是一种叫水风信子的植物形成的。——原注

　　有一位丹麦医生挖掘了一座古墓，发现墓中的一些尸体骨骼都没有手指。原来这是十四世纪一个麻风病患者的墓葬群。他借助 X 光器械，发现这些尸体骨骼上，特别是鼻区附近有一些畸形的地方，这是人们过去从来没有发现过的。现在这个丹麦医生已经是一位世界闻名的麻风病专家了。他带着掘出的一具头骨参加了不少次国际会议；髑髅在他的旅行袋里过了一个又一个海关。①

　　午睡刚醒就有一个样子有些像老鼠的人来找我，一个佛兰芒人，长老会办的学校的教员。这个人过去用英语写过一本小说，现在他来问我如何刻画情报人员。不论在地球上任何地方，哪怕是在最偏僻的角落，只要那个地方有人知道你是位有名的作家，就马上有人登门求教，叫你告诉他怎样当作家。我很想知道，当医生的是不是也总遇到一些中年人，请教他如何行医？

　　同神父们共进晚餐。一张小小的飞镖投掷板。神情疲倦的神父同那个蹲过集中营的修士（他这时神情比较自然了！）相互打趣。水、汤、煎鸡蛋、鲜菠萝。

---

①　这位丹麦医生名叫莫雷-克里斯腾逊，我去庸达时第一次听到人们谈起他，当时我觉得他简直是个神话中的人物。但后来我同他建立了联系。他热情地送给我他的一部著作：《麻风病引起的骨骼变化》。——原注

当地人的一条格言："蚊子并不怜悯瘦人。"

二月四日，庸达

睡得很不好，在硬邦邦的床垫上简直找不到一个舒适的姿势。因为出汗过多关节有些疼。蚊子整夜在纱罩外面嗡鸣。清晨六点四十分醒来，发现天空阴云密布。给母亲写了一封信，之后拿着朱利安·格林①的一本日记到刚果河边，在生锈的铁船上找到一个没有蚂蚁的地方阅读。长满野草的小绿洲无尽无休地从非洲腹地漂向大海，速度大约每小时四公里；这一景象永远叫我惊异不止。每一个漂浮物，不论多小，从不超越另一个。

一个神父负责建筑，一个负责教育（孩子读完小学做什么？这是世界上普遍存在的问题），那个当过战俘的人可能是个电工。X（这个人决不是人们想象中的奥尔珈·狄特尔丁）有无可能是个建筑师？他对于自己过去画的图纸讳莫如深。也许在他到这里来的时候，怀着幻想，可以

---

① 朱利安·格林（1900—1998），美裔法国作家，除大量小说外，已有八卷《日记》问世，1971 年曾获法兰西学院文学大奖。

在这里的医院工作。这里的人叫他回欧洲去进修半年理疗和按摩，才能给他一份工作。但是他害怕回去，人们猜想——但并不忧虑——是否他在本国正受警察缉捕。他的法文说得很糟，其必然结果是，他只同唯一一个会讲英语的神父关系很密切①。

一本日本印制的麻风病分布地区图册。其中几张图很像梵高的暖色风景画。

我将通过哪个人叙述我的故事呢？不可能叫 X 自己叙述，虽然我可以虚构几封女人写给他的信——谴责他的信，有一次他在愤怒中曾经把信给那位懂英语的神父看过。我想这个故事也不该叫那个神父叙述——我对这位神父同他的生活都不够了解，另外还有几个可能的叙述角度，但我都放心不过，它们只能同上边谈的那些信件以及书中人物的对话一样，"包含"在这个故事里。只剩下一个角度——用作者来讲这个故事了，但这样作者就不该深入到任何一个角色的内心深处；每个人物的思想只能通过各自的行动与语言表现出来。这样倒有助于我准备创作的

---

① 我不知道 X（后来他在我的小说中改名奎里）为什么会失去他的半个英国国籍。——原注

这一故事的神秘气氛。故事该取一个什么题目？或者就叫
《未写完的档案》吧！如果神父保留了记录 X 的档案，倒
可以使我们更深地挖掘一下他的内心世界。这份档案决不
该叫 X 自己填写。

红胡子神父只有吃饭的时候嘴里才不衔雪茄。他一会
儿到这里，一会儿到那里，或者骑自行车，或者步行，到
处转悠，活像一个工头。另外那个好像大病初愈的神父总
是拿着一本每日祈祷书，就像有的人手指头总要夹着一根
纸烟一样。

参观了雷沙特医生的诊疗室。
麻风病的循环过程：传染性与非传染性麻风病是两种
不同的病症，但是非传染性麻风病也能发展为传染性的。
如果在这种疾病发展中期及时治疗，更严重的传染性麻
风病也比非传染性的能够更快医治好。但如果错过这个时
机，其危险性是很大的。
有的病患者的治疗反应非常痛苦，甚至会产生极其
严重的后果——失明、肢体溃烂等，这是因为药物在体内
积累的缘故。传染性麻风病一个典型的症状是耳朵、后背
等处生长硬结。失去手指（已经治愈）的病人还能缝织套
头衫。对服药有反应的病人可用可的松治疗。每天口服

DDS① 药片是治麻风病最通常的办法 ②，一年的药费也不过几个先令。一个卖弄风情的黑人姑娘胳臂上曾动过手术，切除了神经 ③，现在害的是眼皮神经麻痹症，她的手指甲涂着蔻丹。

细菌需要培植——无法移植到动物身上。一个社会问题：丈夫多半不愿意随着妻子移居到麻风病治疗区来，而妻子则愿意陪伴着患病的丈夫。一般来说，丈夫会在原来居住的村子同另外一个女人同居，而一旦患病的妻子在治疗区找到一个能够服侍她的情夫时，她的丈夫就要来找她算账，要她归还原来拿去的嫁妆。基督新教是允许这种事情发生的，可是天主教的神父对这种胡搅蛮缠的丈夫总是要给一些颜色看看。住在这个治疗区的人爱怎么生活就怎么生活；这里并没有道德审判法庭。曾经有两个丈夫在疾病治愈以后离开了，而他们的两个妻子现在由一个男人照顾着。

一幢小房子：一间放着两张床的卧室，床上铺着床单，整齐、干净，起居间有一台收音机、一辆自行车、博杜安国王和两位教皇的照片、一份广告日历（一个兜售胜家牌缝纫机的女郎）、几张圣画。

奇怪的是非洲人也并不习惯这里的潮湿和炎热。今天

① 即氨苯矾，是一种有效治疗麻风病的药物。
② 不准确，后已修改。——原注
③ 有误，切除的应该是尺骨神经鞘。——原注

天气特别潮闷，所以来看病的人只有几个，人人无精打采。如果天气好，诊疗室里可能有上百个病人吵吵嚷嚷地争着叫医生先给他看病。

看了一本很奇怪、很可怕的小册子，尤金·凯勒斯贝尔根医生写的《社会耻辱的麻风病》。

有一个故事说巴黎有一位很有教养的老年绅士——这人是纪德①的朋友，得知来拜访的医生正在研究麻风病的时候，差一点儿把这位客人赶到他的公寓住宅外边去。"你应该早一点儿告诉我。我要对这座楼房的所有住户负责。请你告诉我，什么时候我才能知道我是否传染上了麻风病？"说这话的老绅士这时已经七十四岁了。"十年以后。"医生说。"你的意思是说我得悬着十年心吗？"

至今还没有人发现非传染性麻风病的病菌。

有些人对麻风病产生了一种迷恋的感情，很多自愿到麻风病医疗区工作的人员也患有这种变态心理。曾经有一个在非洲工作的欧洲人，染上了轻微的麻风病，但由于他把自己的病情夸大了，所以被调动了工作。人们忠告他

---

① 安德烈·纪德（1869—1951），法国作家。

说，以后他不要再对别人说他害了麻风病了。但他还是逢人就说，最后只好被遣送回欧洲。这种变态心理也是一种虚荣心的表现。人就是喜爱夸耀自己与众不同的地方，甚至夸耀自己的疾病。达米安神父 ① 是否也应归类为这类对麻风病有特殊感情的人？一位德国医生（贝尔森 ② 的医生的先驱）曾经做过一次试验。他想叫一百一十四名自愿做试验品的健康人染上麻风病，却一例也没有成功（这些人后来被迫离开了达米安传教、治病的小岛）。由此可见，染上麻风病并不是件很容易的事。

感染麻风病的一个事例。有两名得克萨斯州的美国士兵，同属一个连队，他们并未与麻风病患者有任何接触，却都传染上了这种病。事后发现，这两人曾在夏威夷（？）找一个人文身，而这个文身人曾用同一根针给一个麻风病患者文过身。

曾在世界上某些地区长期居住过的健康人，身体里也可能有少量这种疾病的病菌。

———————

① 达米安神父（1810—1849），比利时籍天主教神父，曾在太平洋摩洛凯岛为麻风病患者服务，后来死于该地。
② 纳粹德国的一处集中营，位于德国北部。

一个染上了很轻微的麻风病的女人。品格端正，可能由于她摆弄了一个麻风病患者拿过的球（或其他物品），而被传染了①。

应该询问一下雷沙特医生，哪些人易于传染上这种病。

薄暮时分，空气非常潮湿，时不时感觉到空气好像在皮肤上凝成一粒水珠。天黑以后这一带开始了一场暴风雨，但雨下得并不猛。我们这个地方似乎被暴风雨遗漏了。雷沙特医生说，近六年来他只记得有过二十几天这种潮湿、闷热的日子。那个小学教员总是用宗教问题缠着我。② 我告诉他我解答不了有关信仰的问题，他该去找一个传教士。

在我同神父一起吃饭的时候，我感到从容自在了。也许这是因为我不是一个很腼腆的人，再说我对比利时人的口音也听习惯了。

————————

① 这里的神父都认为麻风病是由空气（呼吸）传染的，因此当麻风病人在告解室里向神父作告解的时候，神父总是用一块手帕掩着口鼻。——原注

② 我想声明自己不是一个天主教作家，只不过写了四五本以信奉天主教的人物为小说素材的作家。尽管如此，若干年来——特别是自《问题的核心》发表以后——我发现自己总是被一些人追逐着，希望我帮助他们解决宗教问题，但我在这方面是无能为力的。向我求助的人中甚至还有几位天主教传教士。我对这位纠缠着我的小学教师感到烦躁，我想主要原因是这里的天气太热。另外，我现在已经进入了我创造的这一角色里——奎里是一个已经陷入穷途末路的人。——原注

二月五日，庸达

　　阴云密布。因为太阳没有出来，很多人开始工作的时间都晚了。

　　刮胡须的时候，一个杂役穿着一双为烂掉脚趾的病人特制的拖鞋从我门前走过去。我现在对这件事已经不再好奇了，正像我对正给我漆门的一个麻风病人独自哼唱也已习惯了一样。失去脚趾的那个病人脚踏在地面上发出咕咚咕咚的声音，好像在用两根铁棍夯地。

　　每到一个新地方，头一天心头总有些抑郁，想到不知要过多少日子才能回到原来熟悉的环境去。但几天以后（必须克制自己，等待时间过去），一个人就在完全陌生的地方建立起一套熟悉的东西了。就连每天例行的活动也能从中找到一些乐趣：早饭后刮胡子，写一封信或者记一段日记，然后拿一本书到刚果河边那艘老铁船上去阅读，回来，再写一封信，看一会儿书，或者像昨天似的到诊疗所转一圈——这时已经到了要同医生一起吃午饭的时间了。吃过饭睡一会儿午觉，再到河边散散步，晚上喝一杯威士忌，同神父一起吃晚饭，上床。又一天就这样匆匆过去了。今天我的常规被打乱了，心头有些不舒服。吃饭的老规矩被颠倒过来（同神父们一起吃午饭），之后要到柯齐哈特维尔去打防疫针，并安排到丛林中旅行的事，之后还要在总督家喝酒。

非洲人的笑声。在欧洲什么地方能像在这些麻风病工人中听到这么多笑声呢？但是笑声的另一面也是真实的：这些人发病的时候，疼痛难熬，你会感到他们正处在何等绝望的深渊中啊！（我记得在利比里亚的挑夫和塞拉利昂的几个仆役身上也看到过这种绝望的神情。）生命只是一瞬间的事，而这就是他们使之成为永恒的表现。

昨天在诊疗所看到的景象。小孩的哭声震天，于是医生对他的一位维持秩序的助手说："让孩子吃奶。"据医生说，这也是在行弥撒礼时常常听到的命令，诊疗室里果然顿时安静下来。

太阳被阴云遮住，可以到外面去散散步了。我走到主诊室和正在建筑的一个实验室。L（指雷沙特医生，下同。——译注）给我看一台复杂的仪器，可以用来测量神经的各种反应，直至两万分之一秒间的变化。更叫他高兴的是另一台比较便宜的仪器，可以同时测量皮肤上二十个不同地方的温度。找到某一块皮肤的温度高于其他地方，医生希望利用这个办法测出儿童身体上将形成硬结的地方，在硬结出现前即可提前治疗。他还希望用这一测温的办法早点发现将要溃烂的手指，并进行预疗。

诊疗所的一个橡皮病患者。两只脚和小腿到处是瘢疤和肿块，像一端刻出几个粗大脚趾的一段老树干。

如果 X 曾经是一个有名的建筑师，会不会对自己的职业已经失去兴趣了？对于建筑艺术的喜爱，也像他对女人的情爱一样，已经丧失了，他已经到了感情枯竭的地步。

午饭后同 L 一家人到柯齐哈特维尔。打了第二次伤寒预防针，打针时很疼。听人说柯齐有一个白人居民每天夜里给警察局挂电话，报告他房子外面有刚果人，预备杀害他和他的妻子。柯齐现在有不少人睡觉的时候把枪放在身边。由于恐惧而酿成的事端将是这一地区的主要危险。

会见主教。一个非常体面的老人，具有十八世纪的高雅风度，或者也可以说爱德华时代交际明星的风度。他同意把他的一艘小火轮借给我，驶入丛林地带。

在总督官邸饮酒。总督夫妇善良纯朴，毫无殖民地官员的习气①。天黑以后一辆洒水车沿街喷洒 DDT，一时浓雾密布，我们的小汽车好像被吞噬在伦敦的雾里，能见度只有几码。总督的副手也有二十年的工作经验。这个人很赞佩非洲妇女。他以很大的热情谈起非洲乡村的宁静生活，但他认为——我不这么想——必须打破这里的部族结构。为此政府应采取物质鼓励的办法，这样会不会导致小邦分割的复杂形势呢？另外，他还谈到需要保持宗教的神秘气氛，但是我怀疑现在在美国是否还有这种气氛，即使在天主教教堂里恐怕也没有了。

二月六日，庸达

踏实地睡了两个小时觉，以后就再也睡不着了，有

---

① 后来我才知道这对夫妻已在刚果住了二十五年左右，几乎一直生活在丛林地区。在开始的一段日子里，那里既无轮船也不通邮件。每个月他们要在森林中步行视察二十天（这是当地官吏的职责），其余的十天则在我上文描写的小小官邸休息。他们教会刚果人如何种植木薯和稻米，监督诊疗所的修建工程，查访当地人法庭审判的情况。总督的妻子写的一本书就是他们这些经历的记述。这本书是她自费出版的。由此可见比利时人对他们的殖民地并无任何兴趣，不少人默默无闻却极其英勇的生活，纯粹是一种可悲的浪费，总督夫妇就是一例。——原注

一种奇怪的、心神不定的感觉——可能是打了注射针的作用——胡思乱想，怀疑从远处麻风病人居住区传来的声音意味着什么危险。屋外有闪电的亮光：我的手电筒找不到了，脑子里也浮现出种种幻景，极不舒适，仿佛躺在DDT浓雾里。最后终于睡着了，但一直梦到一个人。真是奇怪，为什么一百多年以来人们一直认为非洲是个医治心灵创伤的地方呢？①

DDS是一种口服药片，每周服三次，每次两片。服用一个月以后要停药一周。另外有一种涂在皮肤上的浓膏，只是为了在交际场合不为对方发现身上的瘢疤。

工人们一刻不停地谈笑、打趣，如果懂得他们的语言，就可能感到厌倦。但由于不了解他们说的是什么，这种嘈杂的声音就成为不和谐的背景音乐了。

L治愈的一个病人曾给他仍留在麻风病治疗区的妹妹写了一封信，诅咒L快点儿死，还夸耀他在利奥波德维尔骚乱中的所作所为。妹妹害怕了，不了解哥哥为什么这么

---

① 甚至意志坚强的玛丽·金斯莉也是这样，她在父母双亡后曾写道，"我到西非去，在那里结束我的生命。"——原注
　　[玛丽·亨利塔·金斯莉（1862—1900），旅行家和人种学家，著有《在西非旅行》（1897），是小说家查理斯·金斯莉之妹。译注]

做，就把信交给了学校的班级长。现在那个人又写了一封信来，L 想知道他写的是什么。

另外还有一个病人，由于他的病已经治愈，必须离开这个治疗区，就恫吓说要把 L 医生的房子烧掉。

今天忧郁症的羽翼又在触击我，或许因为我在这里没有了解到什么新东西，或许因为我睡眠不好，或许因为我在夜里做了乱梦。

二月七日，庸达

服了一片安眠药，一夜睡得很好，只做了一个梦。我打防疫针的反应几乎已经过去了，心情也不再抑郁了。

一本小册子说：欧洲已经消灭了麻风病。但是消灭的是否是麻风病？麻风病是否真的已被消灭了？

因为擦鞋耽搁了时间，早上差点没能像往常那样到刚果河边消磨半个小时。在陌生的环境中，每天例行的琐事会一下子产生一种魔力。为什么需要这种魔力？或许是为了抵制忧郁或厌烦无聊吧！

　　读朱里安·格林最后一卷日记——《美丽的今天》，越读越不耐烦。感到书中强烈地灌注着一种对宗教信仰的带有虚荣性质的骄傲感。作者谈论上帝和圣徒谈得太多了。日记中有一段说，凡是上帝所不喜欢的就应该根除，但上帝是不是喜欢对他无尽无休地说恭维话呢？他是不是宁愿用这些陈词滥调来换一句维庸①的亵渎的诗句呢？我禁不住给自己描绘这样一幅图画：亲爱的上帝瞥了一眼这本日记便把它往旁边一扔，正像一个作家把又一篇攻读学士学位的大学生评论自己著作的一本正经、令人厌烦的论文扔到一边一样。

　　关于我这本小说中的主人公X，也许第一个该解决的问题就是，他是否属于那些对麻风病产生了偏爱的人。这一段日子X在我心中静止不动，简直毫无进展。我只是对他来到的这个环境比以前多了解了一些。也许该给他起个名字了——但我仍然踌躇着，不愿给他一个明确的国籍。也许——为了显而易见的审慎的原因——还是用一个字母代表他的姓名好一些。不幸的是，我过去就知道，如果作

————————————————

① 弗朗索瓦·维庸（1431—1463），法国诗人，生活狂放，几次入狱，并曾被判处死刑（未执行）。

家用姓氏的第一个字母称呼书中的主人公，别人就开始议论他是在模仿卡夫卡了。

麻风病病菌与结核病菌形状相似。但汉森病菌 ① 不能够植入到动物身体里面。病状：（a）一块块皮肤失去感觉；（b）四肢失去感觉，并无瘢疤硬结；（c）脸和耳朵的某处皮肤加厚并出现硬结。最后一种症状表明患者染上了传染性麻风病。

对于尚未感染这种疾病的人最重要的事是保持清洁。但一经感染，清洁与否就无关紧要了。

如果一个人到遥远的地方旅行，他就不只在空间中，而且同时也在时间中旅行了。一周前的这个时刻，我还在布鲁塞尔，但现在我觉得离那个时候已是几周了，而不是几天之久。一九五七年我曾旅行了四万四千多英里。是不是因为这个——我的长途旅行始于三十年代——我才觉得我活过来的日子似乎无限长呢？

有没有办法利用 X 的一个梦境？我昨天的亲身经历证明，梦可以影响一个人一整天的情绪，可以使一种正在消

---

① 麻风病在西方亦称汉森氏病。挪威医生汉森（1841—1912）首先发现了麻风病病菌。

失的感情复苏，重又活跃起来。

　　关于阿波廓巫术。两天前主教告诉我，这里有很多人相信，借助一种什么药粉的魔力，他们可以击碎墙壁。他们把这种药粉揉进指甲缝里，然后只要用拳头捶打墙壁，就会使墙倒塌。原始人同儿童一样，有时无法辨别梦与现实。我正在读的一本篇幅很长的小说《拉·加纳》讲的就是这种思想上的混乱。

　　用新发明的药给众多患者治病有时价格过于昂贵，而DDS服用一年不过花费三个先令。

　　殖民地官吏的规章。有人曾告诉我，不论参加任何聚会，即使是很随便的、偶然性的社交活动，如在饭馆聚餐，也不能随便退席。必须按照官阶高低，在上一级官员离开以后，自己才能走。根据我个人在塞拉利昂的经验，殖民地官员的家具也有等级之分。L的扶手椅不久就可以从四把增加到六把，或者也可以叫他的妻子使用一面大穿衣镜了。据说有一位小官吏，他的妻子十分渴望在他们居住的房子里再添一个厕所，但是她必须先等自己的丈夫通过一次什么考试，再晋一级才能满足这一愿望。丈夫考试没有通过，只好自己花钱在花园里盖了一个厕所，但由于

花园是国家的财产，所以当时管辖这个地区的总督命令他
必须把厕所拆除。这真是个悲惨的故事。①

　　这里重演了一个古老的仪式：把一具人形的老式棺木
从森林中抬了回来。据说在当地居民中只有一个人记得过
去曾举行过这种仪式，一个老手工艺匠的儿子。全村人兴
高采烈，这是一次难得的开心机会。棺材做成粗具人形的
样子，两臂在肘关节处弯回着。头发挽成入殓的髻子，面
孔涂成红色，一小群白人，包括市长和市长夫人，坐在雕
刻师家中的钢管椅子上一张张地拍照。我们从布道团里请
来了一位老传教士，一位神父。这个神父对当地的风土人
情了如指掌。他在这场表演的葬礼上讲了几句话。整个这
场戏的演出只不过是为了给利奥波德维尔市博物馆弄到这
样一口人形棺木。鼓声咚咚响起来，老太婆们挥舞着枝叶
跳舞。我看到这一既有钢管椅又有哒哒作响的电影摄影机

---

①　1942年我住在弗里敦（非洲塞拉利昂首都——译注）郊外的一幢房子
　　里。这幢房子建筑在一片沼泽地上，当地土著就利用这块地当厕所，
　　所以蚊蝇滋生，极不卫生（有一次我关上办公室的窗户，两分钟就打
　　死一百五十只苍蝇）。我给殖民地事务大臣写了一封信，要求给本地人
　　修建一个厕所，后来我接到了复信，叫我提交任何申请必须通过规定
　　的途径。因为我没有途径可寻，就又写了一封信，提醒他们看一下丘
　　吉尔关于这个问题的一次发言记录。最后我要求建造的厕所终于盖起
　　来了。我可以在政府档案记录上这样写上一条：我同济慈一样，名字
　　也是写在水上的。——原注

的场面，不由得想起生活在利比里亚蛮荒腹地的尼柯布祖和滋吉塔部落的鼓声，那才是真正的原始仪式呢！在今天这场仪式里，只有一场戏大家动了真感情。这场戏的组织者（那个出两千法郎购买棺木的人）要把棺材在村中停放一夜再运走，村民们却大吵大嚷不许他这样做。（棺材停在村子里会带来灾祸！）这个地区的一位显贵——这个人颇有部落首领的气派——是一个相貌英俊的年轻刚果人，穿着一身漂亮的西服。他手挽手地同自己的女儿来到现场，女儿也长得很漂亮，头上围着一块像皇冠一样的黄头巾，戴着耳环、项链，也穿着欧式服装，这个女孩子静静地坐在椅子上，颇有年轻公主的风度。一群白人殖民者的老婆却叽叽喳喳地一个劲儿说话，一会走到这儿，一会儿走到那儿，到处咔哒咔哒地拍照。

神父留下来同我们一起吃晚饭，一个乐呵呵的老头儿。但后来在我们开车送他回去的路上，他表示了对柯齐哈特维尔的形势非常担忧，他生怕失业者和青年人会闹事。柯齐哈特维尔有一大一小两家餐馆，我们在较小的一家喝酒。（大的一家灯伞都是黄色的，上面画着那种有鼻有眼像儿童画的月亮，看着叫人不舒服。）这个较小的餐馆挂着很规矩的二十年代的美女画，还有一台玩飞镖游戏的装置。一个坐在酒吧前的人对 L 很没有礼貌，因为他不喜欢 L 坐在台子上等着，只向侍应生打手势而不大声呼叫。"你是哑巴

吗?"那人说。在归途中我看到殖民地官员的住宅仍然亮
着灯,他们因为害怕骚乱夜里也不敢熄灯睡觉。

二月八日,星期日,庸达

　　六点半钟,在麻风病院的教堂里做弥撒:非洲人都坐
在后排椅子上。这种隔离制度是不是出于防止疾病传染?
乘一辆客车出去兜风,开车的修女长得很漂亮,这人我过
去在某一社交场合曾经见过。天边呈现出一片凄凉景象。
在热带地区,万物好像都在不停地死亡,哪怕有一只蝴蝶
飞到布道坛上也好啊!蚊子啊,蟑螂啊,金龟子啊,飞蛾
啊……这些讨厌的虫子在这里却有成千上万,簇积成堆。

　　吃早饭的时候同那位正在养病的亨利神父聊了一会儿
天。他希望同我一起乘坐主教的小火轮,归途中,他可以
在他教书的神学院下船。谈了基督新教与天主教在非洲传
教的事。当地人皈依新教或相信旧教,完全取决于他们读
书的小学校是由哪个教会主办的。但亨利神父认为天主教
更得到当地居民信任。原因之一是天主教信奉圣母,而这
里的居民家庭也以母亲为主。母亲只有一个,但几个孩子

的父亲可能不止一个人，或者根本说不清哪个人是孩子的
父亲。对于刚果人来说，所教的课程太难了一些。除法
语、拉丁语之外，神学院的学生还要读佛兰芒语（或者也
可以选读德语或英语）。总之，他们要学习所有欧洲人的
必修课程。

　　与 L 医生乘车去乡间，到一个人家去。这一家人中
的一个成员同时兼任了三个不同的公职，另外还捕鱼，在
森林中拾取肉虫赚钱。一把肉虫可卖五法郎。几个兄弟分
居，但挣的钱合在一起。几个人的妻子都在城里；女儿留
在乡下。

　　L 对我讲的同我在利奥波德维尔听到的相反。据 L
说，这里的妇女患有性病的很普遍，只是患梅毒的不多。
很多疾病用盘尼西林治疗已经不生效了。

　　吃午饭的时候，有人请 L 出去给一个被毒蛇咬伤的病
人注射血清。L 已遇到过好几个被蛇咬致死的病例了。

　　晚上到柯齐哈特维尔看民间舞蹈。这次舞蹈晚会是
当地一个白人主办的。这个人不久即将离开这里去利奥
波德维尔。晚会在当地一家酒吧举行。由男性表演的舞蹈

叫健美操，但这些舞蹈员实在比不上欧洲任何一个二流
音乐厅的艺术团。地方长官 B 也出席观看，并不时地露
出赞赏的微笑，他对土人的表演颇有自豪之感。过去我在
西非或者马来亚的英国殖民地地方官的脸上看到过这种笑
容。他们就像小学校长为自己的学生能够演出《威尼斯
商人》一样感到骄傲……至少不像一般白人殖民者那样
愚蠢。

　　回家以后，发现居室地板上布满了大飞蚁，是不是下
雨的前兆？我记得住在弗里敦时，每次大雨前飞蚁就纷纷
落到我的食物上。

二月九日，庸达

　　夜里下起雨来。

　　对自己要写的这本书感到忧虑。为了描写故事发生的
场地，也许我要在记忆中追寻利比里亚的莫桑波拉罕和甘
塔，以及我初到那两处地方的情景。
　　"X 的到来"为这本书定了调子。或许我要寻找的是一
处 L 称之为更富于感伤气氛的地方，而不是这里这样一个

整齐有致的花园城市。另外那一群神父也叫我发愁。如果在欧洲，这些人是无可挑剔的，但他们并不是蛮荒地带的传教士。不论在这些神父哪个人身上，我还都未发现我希望在传教士身上找到的天真、对待别人缺点的严厉，以及探索人们心灵的好奇心。这里的神父们只是一味地忙忙碌碌，无暇关心人的行为动机。他们整天忙于教育、发电厂、水泥……而不是人的动机。我怎样才能逃开这一片虚伪呢？

同医生一起在诊疗所和医院里度过了一个上午。老婆婆脸上文出树叶形的图纹；干瘪的乳房像一副空空的小手套；一个失去手指和脚趾的男人照看一个小孩；一个得了橡皮病的男人，睾丸肿得像一个足球；一个生了肺病的女人（一个人染上了麻风病似乎决不应该再患其他疾病了，多不公平啊）；一个温文有礼、脸上堆着笑容的老人躲到自己住房后面的一间小土房子里，准备死在那里（他患有高血压）——老人的双腿细得像个小孩子，脸却像个圣徒；一个没有双腿却生了孩子的女人；一个男人躲在住房后面的一间小屋里悄悄死去，几天后才被人发现。

同L到柯齐哈特维尔去安排乘船旅行的事。下午热得出奇，心情极其抑郁。小火轮甲板上的房舱很高，样子非常古怪，像行驶在美国密西西比河上的老式火轮船，只不过小一些。船上的油漆差不多已经完全剥落。船长是一个身材高大的传教士，镶着金牙，一把长胡子飘飘拂拂。他在船上的小餐厅里接待了我们，请我们喝啤酒。餐厅有几个大窗户，我想餐厅下面大概就是驾驶舱，一个柜橱的板门上绘着耶稣降生图①。据船长说，这艘船已经很难航行了；年久失修，很容易出事故。船底烂了一个洞，或者是有一块船板已经腐烂（我记不清他是怎么说的了）。（船舱外面挂着一个不成形的救生圈，像一条干枯了的鳗鱼。）

与神父船长谈了很久。去奥特拉柯公司②，去瓦法尼亚直到伊邦加的舱位都已售出。我也可以考虑先乘汽车去佛兰德里亚，再乘木船至伊邦加，到伊邦加后等待轮船返航。或者我也可以乘飞机先飞到某个地方，转乘汽车去瓦法尼亚，再从瓦法尼亚坐船回来，这样就不去伊邦加了。不管如何走，都不能处处都去到，而且十分累人。只有主教本人才有权下令火轮启航，但在我们来柯齐哈特维尔的头一天他正好跌了一跤，把臀部摔伤了。同态度暧昧的安德烈神父交谈了一会儿。小火轮也许下

---

① 这里是每天做弥撒的圣坛。——原注
② 这是一家很大的贸易公司，有定期货轮行驶于刚果河及刚果河的几大支流上，货轮也搭载旅客。——原注

周开，也许下个月开。看来比埃尔神父是个"讨厌在水上航行的船长"。每次小火轮要启航的时候（一年大约开航四次），总有什么地方出毛病。安德烈神父同意跟主教谈一下这件事。答复是：轮船要先由奥特拉柯公司的两个雇员检查一下，如果他们认为安全就可以启航。我对这些话持怀疑态度；我不相信他们准备让船启航。

我刚刚坐下吃晚饭，L 走进来告诉我，他已接到电话：一切圆满，叫我星期三晚上上船。

二月十日

麻风病患者只有在手指或脚趾溃烂掉以后病情才能扼制住，也可以认为病已痊愈。这种现象被称作自行发完病毒①。这就是我去寻找的书中主人公 X 与麻风病患者的共同点。我的主人公是在心理上和道德上病毒已经发完的人。是不是在到了这一地步的时候，他在精神上的疾病就可以治愈了呢？或许我的这部小说不该在麻风病院开始，

---

① 比利时医生也使用"自行发完病毒"这一英文医学术语，但在法语中并没有这个英语词的同义语。为此我这本小说的法文本必须另外找一个书名。——原注

而应该在教会的小火轮上。

　　人们常常谈论，在广阔无垠的宇宙里，上帝叫人的生命只在一个极小的地区开始，这是荒谬的。我们被要求相信的另一件荒谬的事是，上帝选择了罗马帝国一个小小的居民点诞生。奇怪的是，两件不合情理的事比一件更容易叫人相信些。

　　牛身上常常栖息着一种极为美丽的小鸟，法文名是 *piqueboeufs*①，并不是白鹭，这些小鸟就像守护神一样看管着牛群。这种小鸟羽毛光洁，像白瓷一样。像成群的蝴蝶在翩翩飞舞。

　　一个眼皮上的神经已经麻痹的老妇不会眨眼睛。医生为她买了一副墨镜，但她不肯戴，因为她认为眼镜并不是药品，她只相信服药才能治病。另外还有鞋子问题，医院为脚趾烂掉的病人准备了一些特制的鞋，很多人也不肯穿。他们只穿普通的鞋。他们只在星期日才穿特制鞋，通常一领来就把它们卖掉。

　　慈善募捐的难题。柯齐哈特维尔举办了一日募捐活动，为麻风病人募集衣服，一共募到四百件衣服，麻风病

---

①　应为牛椋鸟。

患者却有八百人，只好为另外四百人每人买一件衣服——很大的一笔开销。此外，募到的四百件衣服各不相同，结果在病人中引起了无尽无休的争吵。

医生正为失去双脚只能爬行的病人定制六张轮椅，但失去双脚的病人有十个。我问医生，如果他们吵起来怎么办？"像这样重要的事，"他回答我说，"我甘愿冒争吵的风险。但如果是为了一听沙丁鱼罐头，他们争吵不休就不值得了。"

非洲人的姓名：亨利，像英国人一样习惯拼作 Henry，而不是 Henri，阿屯申 ①，迪欧·格拉蒂亚斯。

同 L 到诊疗室观察病人的手。医生叫病人用手指做几个动作。医疗方法：蜡疗、按摩、上夹板。典型的"猿手"是由于中枢神经 ② 受损所致。手术治疗：当神经外鞘开始加厚、神经受到压迫时，应动手术把外鞘割穿，使神经恢复自由。

保罗神父为我理发。

---

① 英语、法语都有"注意"的意思。
② 应为尺骨神经。——原注

这里的人喜欢玩一种神秘的游戏：在一块粗制的木板上挖出槽，槽里放着豆子。玩时双方不断改变豆子的数目。

一个麻风病人带回来一串肉虫，要么是自己吃，要么是为了卖钱。

神经麻痹与肢体伤残常常交替影响。由于手指失去感觉，所以在工作的时候手指就常常受伤；另一方面，由于麻痹发生在神经有反应的地方，这又起到了某种保护作用。

二月十一日，庸达

人人情绪低沉，一片寂静。

一幢房子外面麻风病人的法庭正开庭审理一个案件：代表不同部落的三个男人在聆听证人的证词。这种法庭有权审理一些小案件，如偷窃、斗殴、拐走别人的妻子等。法庭也有权判处犯罪者短期拘禁，把犯人囚禁在庸达附近的一所监狱里。监禁期间，犯人被允许外出工作或就医，但晚上必须回监狱过夜。

　　为乘船航行购置物品——DDT 灭虫剂、花露水、皂片、十瓶威士忌、三打苏打水。① 请 L 夫妇去餐馆吃饭，就是那家餐厅里摆着钢管椅、灯罩上画着人形月亮的、让人感到不舒服的餐馆。但这里的饭菜确实不坏。② 上船后喝了威士忌。主教的房舱很舒服。圣坛设在甲板上的舱室里。

　　主教的灾难。这么多年他一直没生过病，叫他无法忍受的不是病痛，而是枯燥无聊的日子。主教虽说颈上挂着一个大十字架，是一位又尊贵又圣洁的大人物，但他一定要有人陪着，否则就不知道怎样打发日子。他和蔼可亲、彬彬有礼，对自己管辖的教区并无多大信心。现在他不得不穿着睡衣，终日厌烦无聊地独自躺在床上。自从被授予圣职，五十年来他从没感受过这种孤独。现在他连转动

---

① 根据我在欧洲的经验，传教士通常都喜欢喝威士忌，但这艘船的船长只喝啤酒。亨利神父最多在晚饭前喝一杯威士忌。因此剩下的酒就都是我一个人的了。苏打水可以用来刷牙、漱口，这是因为刚果河的河水混浊得像泥汤。——原注

② 为刚果长脸的是这里的酒又好又便宜，就是在柯齐哈特维尔这种小地方也能买到。我记得特别清楚的是一种非常好的葡萄牙红酒。一瓶威士忌的价钱只合二十二先令。从欧洲运来的卡蒙贝尔酒很细腻，味道很醇。——原注

一下脖子都疼痛不堪。①

　　临行前邮局给我送来当地一位作家自费出版的一本著作。为什么有这么多人要做作家梦呢？是为了赚钱吗？我怀疑。当他们发现自己的生活并非自愿选择的道路以后，是不是想另选一种职业呢？有些人追求情欲而不去体验宗教信仰，是否也是受这种绝望的情绪所驱使呢？

二月十二日，主教的轮船上

　　读雪伊②的小说《西班牙的节日》，很受感动。轮船清晨五点钟启碇即被惊醒，开窗望见岸上灯火闪烁。桨轮拍击河水，震动极大。河流约一公里半阔。船一直靠一边河岸行驶。

---

① 叫我高兴的是，主教跌伤的髋骨后来终于养好了。这位颇有些像早年殖民地繁荣时期的社交明星的人物，在最近这次动乱的日子里显示出自己的才能。他一直坚守在岗位上，得到了刚果人的信任。在骚乱中他镇定自若。帮助那些没有逃离这个赤道国家的白人平安度过这段艰难的日子。一部蛮荒地带的布道史就是由这样一些传教士用他们每个人的行为表现写出来的。——原注

② 据说这个作者即法国畅销小说《战士的休憩》中描绘的主人公。——原注

　　进入鲁基河口时有一个检查站，查看船身是否附着野花及植物，以免种子被带进内河繁殖起来，堵塞河道。

　　一艘平底船的两舷都装载着原木。一位前船长早餐后读祈祷文。小说主人公 X 自述他的一段恋爱故事，为解除精神苦闷，他有意同一个年轻的已婚女子谈情。最后在他想要同她发生肉体关系时，却由于完全失去了情欲而废然终止了。事情以后如何发展暂时还要叫他等着。①

　　船上有三个神职人员和几名非洲水手，其中至少有一个非洲女人。身体正在康复的亨利神父曾任这艘小火轮的上一任船长。他虽同我一起乘船旅行，但渴望在天黑以前就能到达设在巴库玛的神学院。戴着一副眼镜、胡子蓬蓬松松的比埃尔神父也是一位已经退休的船长。他这次是到神学院去当教授。新任船长是乔治神父，这个人对打猎着了迷。这一带有一种猴子就栖息在河边，乔治神父吹嘘说他一次往返航行打死了若干只——看来这种猴子的肉很好吃。我们刚刚从一只栖在一根木头上的鹭鸶——长颈、头很小——旁边驶过，他瞄准了就是一枪，但由于船身颠簸，他并未打中。鹭鸶向我们驶来的方向飞走了，一直同水面保持着相等的距离。这一带的鳄鱼鼻子很长，不吃人。人们可以在河里洗澡，毫无危险。这是几个神父说

---

① 这一构思后来被放弃了，或者说完全改变了。——原注

的，但医生认为他们的话不可信。

在船上的第一天就希望今后的水上旅行生活能有一定的秩序；只有起居规律才能使人无漂泊流离之感。一个人可以在短暂的时间内感到兴奋、狂喜、幸福，但宁静的感觉是最难得到的。

十一点同神父一起喝啤酒，然后又教会他们玩一种叫四百二十一点的纸牌游戏。午饭后小憩。

读康拉德。为了读《黑暗之心》，我带的这一卷康拉德的集子题名为《青春》。这是自从一九三二年我放弃读这位作家以后又一次重新捡起他的作品。那时候我不敢读康拉德，因为我觉得他对我的影响过于巨大，几乎可以说是灾难性的。他那沉重的、具有催眠力量似的语言魅力立刻就把我抓住了，我感到我的写作风格如此苍白无力。也许在我同我的贫乏无力一起生活了这么多年以后我已经不会再受他的影响了。有一天我还要读他的《胜利》，再读他的《"水仙号"的黑水手》。

河水的颜色像擦得晶亮的锡镴；朵朵白云好像是从锡镴反射到上空去的。就连森林的绿荫也潜藏在锡镴下面。几所渔民的住房建筑在伸进水里的长长的撑柱上面，使我想起了东方的水居。① 几只独木舟上有人站着，水影把他们的腿拉长，延伸到水里，看上去像正在涉水一样。某一位理性主义者会不会借此来解释耶稣在水上行走的故事呢？

对我计划中的这本书是否能写出来，我越来越感到忧虑，也许我不是在接受现实，而是正在同它斗争。与此同时，我又害怕把故事写得像医生所说的过于"缠绵"——他使用这个词是指曲折感人或戏剧性。或许可以写，X 在帮助医生教会病患者练习手部运动时自己忘记在手上涂酒精而受到了传染。神父们更关心的是机器、电气、航行这类的事，而不是人们的生活同上帝——但 X 的这一印象是错误的。他到这里来寻找另一种爱，但面临的是涡轮发电机和建筑上的各种问题。他不了解这些传教士，正像传教士也不了解他一样。

驳船船头的浪花呈现焦糖颜色。

---

① 我写这句话时想到的是老挝湄公河畔距离琅勃拉邦不远的一个小村庄，那次我乘的一只小艇的马达坏了，我们就停在那个村子旁边。这还是在印度支那战争期间，我们想去参拜一座佛寺，祈求菩萨保佑。至今我还清清楚楚地记得我如何兴高采烈地在一幢高脚房里席地而坐，吃了一顿美餐。我还记得屋子里墙壁上糊着从一本《巴黎竞赛》上剪下来的伊丽莎白女王加冕的照片，虽然我们的农民主人一句法语也不会说。我认为扯这些题外话并不是多余的。记忆也是一种比喻；当我们说一件东西"好像"什么的时候，实际上我们是记起了那个比喻的形象。——原注

书的第一句或许可以这样写："每天早饭后船长总在甲板室里读祈祷文。"①

木柴要一刻不停地运到小火轮的锅炉室里来，这使人想到菲尼亚斯·佛格 ② 横渡大西洋的情景。

快驶到巴库玛的时候，亨利神父显得非常兴奋："我到家了。"

"是说到你的牢房了吗？"

"不，庸达才是牢房。"

驶抵巴库玛。在传道会用晚餐。饭后同神父们玩一种他们称之为"火柴"的扑克牌游戏。玩时需用三副牌，玩牌的人可以拿五张、十张、十五张或二十张牌，用火柴作筹码。全部赌注的筹码不能超过手中纸牌的数目。最后做成的点数必须同你下的注数目相同，不多也不少。因为每付牌都有几个 A，所以它们根据几副牌的颜色——红、白、蓝——分为几个等级。

---

① 这篇故事在我头脑中已逐步成形了。第二句可能这样写："穿着神父白法衣的船长站在餐厅敞开的窗口前面读每日祈祷文。"——原注

② 法国科幻小说作家儒勒·凡尔纳小说《八十天环游地球》中的主人公。

服了安眠药，但睡得仍不安稳。梦见一个人，非常气愤；我在白天想到这个人的时候却从来没有生过气。

重读康拉德的《黑暗之心》，仍觉得是一个很好的故事，但这次也发现了一些缺点。为了描写故事中的情景，语言过于夸张。库尔兹 ① 不是一个活生生的人。康拉德似乎是利用了自己亲身经历的一段故事，为了使之成为"文学"，给予这个故事无法负载的更重大的意义。作者常用的一个手法是用抽象事物比拟一件具体的东西。我自己是不是也喜爱上这种手段了？

晚上忽生奇想，如果不知道这些神父的身份——他们之中只有一个人穿着神父的法衣——会认为他们是从事什么职业的呢？担任船长的乔治神父样子非常像在印度支那作战的雇佣兵团中的年轻军官；比埃尔神父长得有点儿像W.G. 格雷斯 ②，或许也有点儿像赫胥黎 ③；其他几位神父可以分为年轻医生和大学研究生两个类型。（属于后一类型的有一个奥地利人，战后曾被美军监禁过，至今谈起德国

---

① 库尔兹是《黑暗之心》的主人公。
② 威廉·吉尔伯特·格雷斯（1815—1915），英国维多利亚时代著名的板球运动家。
③ 这里指英国小说家奥尔德斯·赫胥黎（1891—1963），《天演论》作者老赫胥黎的孙子。

来还心有余悸，顺便说一下，马丁·波尔曼的儿子也在这里的某处丛林中。）神父们在一起生活很和睦。彼此不断地打趣、笑谑。只有一个年轻神父（少数没有蓄胡子的神父之一）不太爱说话，很拘谨。这种时刻不停地说笑，像大学生似的说俏皮话是否是多年形成的传统呢？

一处布道团有如一个领事馆，里面总挂着一张现任教皇和一张主教的肖像。

我是不是可以利用一下这种无忧无虑的欢乐气氛，利用一下这种不断互相打趣、嬉笑以烘托 X 这一落落寡合的神秘人物呢？

二月十三日，巴库玛

一清早就被甲板室敲击圣钟的声音惊醒。在布道团吃早饭，饭后同比埃尔神父到外面散步。很多人跑过来同他握手。这些人不明白为什么我不懂他们的语言，神父不得不向他们一一解释。也有一些人见到神父就跪在地上画十字。一个女孩子生着丰满、美丽的乳房；我意识到饱暖后情欲也随之而生，尽管炎热的气候与陌生的环境使这种感情发展得很慢。另一个女孩子乳头生得像两个台球。突然我有一个奇怪的发现：在庸达人们见面从不握手；我已经习惯于同传染病患者在一起生活了。

　　一个空荡荡的渔村，几乎看不见人。一个男人和一个女人在榨甘蔗汁。甘蔗汁先流到大树叶上，然后再用木块拨到一只木盆里。蜜蜂围着糖浆嗡嗡飞舞，看来这些蜂并不蜇人。比埃尔神父撩起法衣下襟跳过沼泽地上的一群红蚁。遍地开着木槿花。

　　正从轮船上往下卸原木板，同时又在为火轮装木柴，不少神学院的学生都来帮忙。

　　不知道为什么突然想起一个做过几次的梦。梦中我的嘴里塞满了青菜，我一把一把往外拽，但总也拽不完。

　　希望赶快离开这个布道团，但现在已经十一点半了，他们才刚把木板卸完，开始装燃料。看来还得在布道团里吃午饭，还要再听他们用听不懂的佛兰芒语和懂不了多少的法语互相打趣。

　　忧郁感又在我心上冒头了，也许是因为做了那个梦的缘故。

　　驳船上一个黑人妇女在洗棉布纱笼，不断地用棒槌敲打。她腰上围着的一条纱笼把屁股兜得紧紧的，叫我想起

《金驴记》中佛蒂斯搅动菜锅的故事。①

黑人妇女的迷人笑容和调情的媚眼。

下午两点十分，船终于启碇了，热得出奇，午睡很不安稳。

行驶了一个多小时后船在一个叫伊孔加的小村子停泊。船上的人登岸购买菜锅。一个穿绿衣服的漂亮年轻女人拿着一条鱼。②拍照，风雨欲来，亨利神父在河里洗澡。雷电交加，大雨倾盆，船要启航的时候，蒸汽的压力把一个管道接缝崩开了。不得不在这里过夜，船长躺在帆布椅上读祈祷文。亨利神父到岸上的村子里通知村民明晨到船上望弥撒，船长去钓鱼。清新宁静的黄昏。

掌灯以后好几个老太婆蹒跚着爬到船上找神父做告解。

这次管道破裂发生在二月十三日星期五。一九四二年二月十三日也是一个星期五，那一天我在拉各斯③跌进一

---

① 《金驴记》，一名《变形记》，古罗马作家阿普列尤斯（124?—175?）的名著，取材于希腊民间故事，写一个希腊青年由人变驴的故事。佛蒂斯是小说中一个美丽的女奴。

② 我问乔治神父，能不能花钱买这个女人做航行中的临时妻子。乔治神父说这事太复杂，不值得做。这里的风俗是，孩子出生后属于母亲所有。分娩时，要回到娘家。如果男人在女人生育后还想要她，就要再出一次结婚费用。——原注

③ 尼日利亚首都。

个明沟里。从一九四二年到今天是不是还有哪个二月十三
日也正好是星期五?

二月十四日,鲁基河上

清晨(六时十分),在做了两次弥撒典礼后船即启航。
河面靠近岸边的地方笼罩着一层薄雾。我在天未明前即起
床,五点钟轮船汽笛长鸣,召唤村民来望弥撒。从村中走
来一长列拿着灯火的教民。船长主持第一次弥撒礼。机
器房的工人到甲板上行完圣饼捧戴礼后又回到下边去干活
了。早餐吃火腿蛋。亨利神父昨天用木箱装来几只兔子,
船长给其中一只剥了皮。①

我的故事在脑子里又有了一点儿进展。故事的开端:
医生和自行发完病毒的病人;一个愤世嫉俗、无法施展自
己抱负的人,对神父们互相打趣感到厌恶;不断吸廉价雪
茄。故事的开始就这么写。问题:回过来写内河航轮,写
X 乘船沿河而下,还是直接写他到达麻风病治疗区? 我倾

---

① 神学院有一个不小的养兔场。亨利神父有些残忍,把一只兔子叫碧
姬·芭铎(1934— ,法国电影女演员。——译注)。——原注

向于前一种写法。①

　　医生大概已经结婚了吧？妻子是个外国人——同 X 一个国籍。当 X 过去的历史逐渐暴露以后，医生对他充满妒忌。引诱 X 说出自己的身份与历史并对他产生误解的是医生，不是某个神父。如果教会决定要在医生与 X 之间做出选择，留住其中一个人，他们选择的自然是医生。X 是个好人。只不过是挫折与绝望使他的性格变坏了。就是这样一个出来寻找爱的新模式的人，找到的却是恨的新模式。②

　　非洲人的头发看起来永远也长不长，并不需要修理，但实际上要不断剪。平底船上有一名理发师，拿着一把梳子、一把剃刀，从早到晚忙个不停。他的顾客手里擎着镜子，从镜子里看理发师给他修剪得怎么样。

　　蝴蝶一路伴随着轮船。

　　读《天堂之根》。如果这本书的语言及写作手法不是这样明显地模仿康拉德，倒是一本很值得一读的好书，主

---

①　后来我放弃了先写医生的想法，在执笔写作时医生已不再是个厌世的人，也不抽雪茄烟了。——原注
②　这一构思后来也放弃了。——原注

人公是个法国马洛。①

在森林中寻找蝴蝶之外的生命，颇有些像儿童时期在一张猜谜画里寻找一张隐藏着的人脸。

午饭时到达茵根德。同亨利神父到岸上寄信。岸边有一张用法语、佛兰芒语及当地语言三种文字写的通知："昏睡病流行区，谨防采采蝇②。"

我睡觉用的是主教的床，上面挂着一张照片：一座积雪覆盖的教堂，也许是有主教座席的大教堂。

在《一个自行发完病毒的病例》③的结尾部分，我要写在 X 试图重新建立生活时被一个嫉妒心很强的丈夫（实际上他是毫无理由的）赶走了。但医生的妻子一直追随着他，追到柯齐哈特维尔，追到利奥波德维尔，追到布拉柴维尔，也许她是怀着某种赎罪的感情。她同她丈夫一样，对这个人并不理解。她把自己奉献给他，而他并不需要她

---

① 马洛——康拉德小说《吉姆爷》中的人物。
② 昏睡病由锥虫属寄生虫引起，并通过受感染的采采蝇传播。若不加以治疗，该病被认为是致命的。
③ 我差不多已经决定用这个当书名了。——原注

的奉献——对她丈夫说来，这是一种最大的侮辱。一怒之
下，他把这个人杀死了——而妻子则成了一幕发生在经典
的非洲背景中的情杀案的女主角。审判中有一封不能宣读
的信——如果宣布了，就会破坏整个故事——是 X 生前写
的最后一封信，也许是写给麻风病院一位传教士的，也许
是写给他母亲的（他对自己母亲的感情并未枯竭），也许
是写给传教士和母亲两个人的。我是不是已经远离了最初
的构思？是不是在精心安排故事情节，坠入了要叙述一个
有趣故事的老套？但我还是觉得必须用 X 的死来结束这部
小说，否则他性格中的某种无法解释的神秘因素就不能保
留下来。当然了，他也可以像卓别林早期电影中的人物一
样，一走了之①。

　　三点左右到达佛兰德里亚，有两位神父到船上来，
开车接我去非洲联合工厂经理 L 家。L 过去在印度当过军
官，年纪很轻，很聪敏；L 的妻子也很漂亮。他们有两个
孩子在柯齐哈特维尔，另外两个同他们在一起，我们一
到就出来欢迎我们。可惜的是已经到星期六下午午睡时

---

①　跟着小说的各个片断逐渐成形，医生也逐渐拒绝扮演我分配给他的那
　　个妒忌的丈夫角色。而且不久他就既无妻子，也不吸廉价雪茄了。雪
　　茄烟回到本来的主人——麻风病院院长嘴上。最后，一个白人殖民者
　　取代了医生，成为爱吃醋的丈夫。——原注

间了。小男孩昨天刚刚过完生日。一见面就告诉我他收到的生日礼物——一个锤子、一把锯、钉子……他带着自豪感给我看他用这些工具做的娃娃床、一只小凳和一个鸟屋。小女孩给我表演拿大顶，因为折腾过火，最后呕吐了。在 L 家喝了不少啤酒。一个旅行推销啤酒的商人也跑来凑热闹。同轮船约好何时、何地上船以后，我们就驾车参观 L 经营的炼油厂。原料丝毫没有浪费——榨出油以后椰壳用作燃料（不需另外购买）。工厂上空弥漫着陈腐的人造黄油气味 ①。树林里有不少大块空地，颇像西部战线的景象。要把大树的树梢锯掉，首先必须在树干四周搭起八英尺 ② 高的木架。这家原来雇用的厨师因为脚上生了麻风病，为了孩子的缘故，不得不被解雇，厨子临走前哭得很伤心。

轮船准时开到约定的地点。从河流的一个转弯处徐徐驶来，在斑斓的河面上滑行着，景象极其美丽。

甲板室里夜间非常热，为了叫舵手看清河道，游廊的门都必须关上。我很早上了床，又做了噩梦。

在黑暗中轮船上歌声不断：非洲人一直在即兴歌唱旅

---

① 我这位聪敏、可爱的男主同小说中叫人讨厌的莱克尔没有任何共同之处，只不过我在描写莱克尔的工厂时也写了"透过窗纱传来一阵阵陈腐的人造黄油味"。——原注
② 英制长度单位，1 英尺约为 0.3 米。

途中的见闻。也可以用一首当地人唱的歌开始这本书。"这里有一个人，既不是神父，也不是医生。他从遥远的地方来，不知到什么地方去。他整天又喝酒又抽烟，就是从来不懂请别人抽一支。"①

二月十五日，星期日，蒙伯约河上

船行彻夜。晨六时醒来，发现第一次弥撒礼已经到尾声了。

非洲妇女的美丽、匀称的肤色永远使我惊奇——哪个人种也没有这样好看的脊背。她们把头发分开，精心交叉，编成一条条细细的发辫，挽起来，像个鸟笼似的顶在头上。大脚趾常常涂着蔻丹。

---

① 这个开头后来也放弃了。对于小说作者来说，如何开头常常比如何结尾更难把握。在一部书已经写了一两年后，作者与自己的潜意识已经达成默契，小说的结尾常常会自行出现，不需要作者如何思索就形成了。但如果一部小说开头开错了，也许后来就根本写不下去了。我记得我至少有三部书没有写完，至少其中一部是因为开头开得不好。所以在跳进水里之前，我总是踌躇再三——以后或浮或沉都要看这一刻了。——原注

在我同雷沙特医生最后相聚的那天晚上，他给我讲了某些麻风病医疗人员自杀的事。据他说，这种现象相当普遍。有一个医生把汽油淋到自己的住房和身上，引火自焚。还有一个医生给自己注射了大量蛇毒。

我的故事中愤世嫉俗的医生——柯林医生——突然被这个问题惹恼了："也许你在等我自杀吧！"①

修女们对麻风病人被治好有时表现出一种不满，"真糟糕——这里已经没有害麻风病的人了。"

轮船在一个小村庄停了一刻钟。旅客接待室里零乱的物品—— 一个十字架，一本天主教祈祷书和杂志，一张基督新教的报纸，一张影星简·拉塞尔②的彩色照片，翻过来一看，原来是一面香港制造的小镜子。

身体强健、精神奋发的年轻人现在剥夺了人们的周期性休息，过去我们一个月有四五天休假，现在最多只休息

---

① 在我最后写好的书中，柯林医生并未流露过这种激愤的感情。最后塑造出的角色往往不同于原来的计划，写得走了样。这只是一个例子。——原注

② 简·拉塞尔，20世纪50年代美国著名的女影星。

两天。

今天早上没有看到鳄鱼——乔治神父一看到鳄鱼就举枪射击，正像他不放过一只水老鸦一样。他指给我栖息在树墩上的一只鱼鹰，我却怎么也看不到。

现在他又发现了一只苍鹭。这只水禽噩运当头，神父这一枪打得很准，只见它扑扇了几下翅膀，挣扎着想飞起来，却一头栽到水里。船掉过头来，我不由得想起在迪克·斯托克斯举办的宴会上，已去世的红衣主教格里芬反对狩猎法的事。当时这个法案正在议会讨论，赞成的人所持的理由是：上帝创造飞禽走兽既是供人类食用，也是为了人类的娱乐。①

备忘：行弥撒礼时的一条狗。船长坐在游廊同下面的黑人水手聊天，狗跪在他后面。

日落时船到达伊邦加。另一位亨利神父——红头发蓬蓬松松，眼睛布满血丝，一小撮红胡须。我喜欢这个人。独自坐在甲板室灯下饮酒，情绪很好。到岸上吃饭、睡觉，但睡眠仍不踏实。去看望这个地方的修女，几位传教士执意为我安排车辆去七公里外的一处麻风病院参观，但

---

① 如果说这个道理符合道德神学的话，我可真不懂道德神学是怎么回事了。——原注

我另有自己的安排。

晚饭时吃乔治神父猎获的苍鹭，开始我还以为在吃兔肉。

二月十六日，伊邦加

早饭后步行去当地的麻风病治疗区，一个人为我带路，陪我在树林里穿行两公里，来到一个岔路口。他告诉我该走哪条路以后就离开了，一只红色的长尾猴从我前面的路上跳过去。到达麻风病治疗区，一路健步，共行一小时零五分钟。这一治疗区包括三个村子。黑人院长同他的两名助手陪我到每个村子看了一下。这里没有医生，有一个修女每天骑自行车从伊邦加穿过森林来给病人看病。最大的一个村子建筑设计很好，有一条可供三辆汽车并排行驶的马路（如果有车辆的话）和一块很宽敞的空地，中间种着棕榈树。几个麻风病人正在清扫空旷的街道，直到今天仍能看到像在噩梦中看到的畸形病人。走进一座隔成两间的房子，内室几乎一点儿光线也没有，只能隐约看到屋内摆着一口缸。听到有人在地上爬动。过了一会儿才看到一个老妇手脚并用地（如果她那两只肉棒槌还能叫手的话）从内室爬出来，活像一条狗。老妇的头根本抬不起来。我只听懂她说的一个字 ouane（早上好）——在这个场合这么打招呼真够凄惨的。一个乐呵呵的老人在村口向我们举起失去手指的双手，又指了指他那没有脚趾的脚。有人硬塞给我一打鸡蛋，我给了钱，找了一个性格欢快的病人帮我送回去。这个人额头上有一处溃疡，一只眼睛几乎无法睁开。他已经在这个治疗区住了六年，还是个单身汉。

等候汽车来接，未能午睡。因为想看的都已看到，又是午睡时间，所以这次再去麻风病治疗区很不情愿（照相机卡住了，没有携带）。最后一段路非常狭窄，还要通过几座窄桥，汽车居然平安驶了过去真令我吃惊。①

稍晚一些时候，在已经参观完布道团以后，一场暴风雨袭来。一位地方官员同一个年轻医生（带着《第三人》②）突然从雨中出现。这两个人是乘坐我们叫摩托艇的一种木船（当地人叫卡诺特，以区别于一般的独木舟）来的。看来在非洲这个地方会出人预料地见到一些陌生

---

① 我在《病例》一书中描写奎里在森林中寻找仆人迪欧·格拉蒂亚斯时，就是以伊邦加郊区的这片森林同记忆中的利比里亚大森林为蓝本的。——原注

② 格林的一本早期著作，有同名电影改编上映。

人——有时他们会在深夜里，从一片空旷中出现，喝威士忌酒，玩四百二十一点牌。回到船上睡觉，仍然睡得不好，怀疑床垫里是不是有了耗子。

亨利神父谈到非洲人的唯物观点，他举了发生在小学校的一个有趣事例。教师给一班学生看了地球仪，又给他们解释了什么是地球以及地球上的国家。最后他叫学生随便提出什么与地球仪有关的聪明问题来。一个学生举手问："地球仪多少钱一个？""我要的是你们动动脑子提出的问题。""地球仪里面是什么？"

亨利神父的怪癖：喜欢捉弄布道团的一只猫和船上的那条狗。

二月十七日，河上

船又开航了，很高兴重新回到船上。现在河面比过去窄多了，整个河面升起一英尺高的蒙蒙蒸气。一侧岸边白色水莲挺在水面上，像一只只小鸟。几条很小的鳄鱼趴在浮在河面的大树枝上，轮船驶过来的时候就纷纷潜进水里。

工厂经理 L 借给我玛格丽·阿林厄姆 ① 的小说《烟雾中的老虎》，一个非常荒谬、虚假的故事。谈起来叫人生气，连用它消磨时间都不可能。

看到一只朱鹭，又增加了我的博物学知识。

卢萨卡。轮船添加木柴，一个头戴红毡帽、身穿黄绿两色袍子的疯人，颈上挂着一个十字架，腰里挂着一把短剑和一个大铁牌，手里还拿着一叠纸，一副煞有介事的样子，倒好像世界上没有他就什么事也办不成似的。但他也同我们一样，相信自己也在被管辖着。我看见他跪在地上，在身上画了一个十字。（他同我们一样也受上帝的约束。）一个漂亮的年轻姑娘走到岸上，靠着树桩站着揉擦屁股和后背。

疯子和几个工人走上驳船，把手里的一叠纸送给船长——那是医院护理人员用的一本手册，上面有血管图和消化器官图等。看到我要给他照相，他马上在船舵旁边摆起姿势来。

备忘：非洲人在路上相遇一定会互相询问很多问题。

---

① 玛格丽·阿林厄姆（1904—1966），英国黄金时代侦探小说代表女作家。

在两人分手各走各的路之后，仍然一问一答，却并不回头。他们的声音可以传得很远。

启航前疯子又作了最后指示，这之后才回到河岸上他的一间小屋里。不知什么人对他表示尊敬，给了他一把轮船上用的帆布椅。他在椅子上落座，又画了个十字。幸亏有这个疯子照料一切，事情进行得都很顺利。这个人颇有些议员的风度。他站在岸边，挥手示意叫我们的船开走。最后我看见他戴上墨镜，但只有一个镜片。他手里除了医学书和一个文件夹，还有一个铅皮盒子——里面装的是什么？

读《侬纳号的航行》。我怎么也喜欢不上贝洛克①的作品。他不论写什么都过分夸大。他大谈特谈真实，但感情并不真实。在他渲染自己的厌恨时，给人以粗重、滑稽的感觉；而在他夸示他喜爱什么的时候，我们又觉得他所讲的根本是虚假的。他当然想相信自己，但他真的能相信吗？

晚间从广播中听到布拉柴维尔动乱的消息，使人有欧洲人的非洲正在瓦解之感。在被非洲人包围着的三百里深处的丛体中收到这样的新闻，真有点儿像在读雷·布拉德

---

① 希莱尔·贝洛克（1870—1953），英国天主教作家，曾任国会议员。

伯里 ① 的一篇科幻故事。

很早上床。夜里十点左右船驶离瓦考。

二月十八日，河上

感谢我收藏在冰箱里的安眠药片，夜里终于睡了个安稳觉。早饭时船停了，一个白人殖民者到船上来——一个戴眼镜的矮个子，同当地女人结了婚（是真正的婚姻），妻子只会自己的语言。有四个孩子，当然还有一大堆亲戚，但这毫无关系——这个人已经决定要在非洲待一辈子了。

九点十五分船又一次在一个河滩上停住。船长骑自行车到住在丛林里的一个殖民者家里去，了解是否有货物搭载，因为船是空的。

贝洛克对英国议会的抨击：如果一个人有与贝洛克相同的猜疑本性，他就会猜疑贝洛克是否因为受人贿赂才这样攻击议会。他提出的理由根本站不住脚，目的在于把人们的注意力引离真正的问题。议会的真正问题并不是某些

---

① 雷·布拉德伯里（1920—2012），美国著名科幻小说作家，作品有《火星编年史》《华氏451》等。

大臣和议员的腐败。

开始重读《大卫·科波菲尔》。开始的两章无疑写得非常精彩——即使是普鲁斯特或托尔斯泰也没有达到这一高度。令人不安的是，狄更斯总有一些要出现败笔的地方，带着夸张、反常和感伤。在摩德斯通^①的暗影出现之前，作者描写了一段雅茅斯的田园风光，写得多么出色啊！

整个下午异常炎热。河道变得更窄，只有五十码^②或者还不足五十码。下午五点，乔治神父坐在那里穿一串念珠，亨利神父一个人在玩牌。我脑子里的故事也完全停滞住了。

晚饭后，一对白人夫妇带着孩子到船上来。

二月十九日，河上

长着讨厌的喷气飞机式小翅膀的采采蝇多得要命。乔

---

① 摩德斯通先生是大卫·科波菲尔的继父。大卫的母亲在同这个人结婚前打发大卫到雅茅斯去住了一段时间。大卫在雅茅斯海边度过一段极为幸福的日子。
② 英制长度单位，1 码约为 0.9 米。

治神父刚刚打死一只美丽的鱼鹰——这次他用了两颗子弹。他总是射击静止的目标，从来不打飞着的水禽。这只鱼鹰只是受了伤。船停下来，一个非洲人泅水到岸边，小心谨慎地用一根木棒从远处把水鸟打死。这人刚把鱼鹰拿回来，船上的人马上就开膛拔毛。这种鸟肉太老，很不好吃。

在读一本很奇怪、很难读（对我来说）的书：《失去的森林》，作者西尔瓦尼，内容是讲巴西的。有一段描写乡村妓院的写得很出色——两个女人，挨家串户的音乐家，繁复的宗教仪式。"必须是最大的白痴和最大的坏蛋才称她们为爱情的天使。或者也可以说，爱情的天使，是一个真正的男子汉给一个真正的女人最美丽的称号。"①

形状像小燕的深蓝色羽翼的小鸟。

进入第八天，我真的觉得我对旅行生活已经烦腻了。我希望坐在巴黎里兹大旅馆的大浴盆里洗个澡，然后到酒吧喝一杯干马丁尼酒。

四点左右到瓦法尼亚。只见到修道院的院长，其他神

---

① 原文为法语。

父都外出了。这是一个很不整洁的大修道院，院长是一个很不整洁的大块头，叼着一支雪茄。天气非常非常热。日落时气温仍达三十摄氏度 ①。决定回船上过夜。

奥柯塔夫神父带着三个从事社会福利工作的妇女乘一辆大众牌汽车从当地麻风病院来看我，在船上喝酒，我对他说想去他那里度周末。奥柯塔夫神父农民出身，是个亲切和蔼的人。

二月二十日，龙波龙巴

龙波龙巴的意思是森林中的空地，这里的麻风病治疗区确实处于森林中的一片空地上，点缀着一座座覆盖着绿色植物的圆形红土小丘——白蚁的杰作。清早同船上的几位神父乘车到了这里，下车后即到四处参观，直至十点多钟。天气热得出奇。尽管炎热，这地方仍给人以辽阔、通畅的感觉。参观了一个幼儿所——在这里婴儿一出世即与家人隔离，母亲每天可以来看望两次，给孩子喂奶，小孩

---

① 八十六华氏度。——原注

子各有一张小桌子放换洗衣服。这一带的女人和孩子样子都不可爱。一个可怜而消瘦的小生命虽然已经四周岁却像个一岁大的孩子（或者还不足周岁），不会讲话，像卧在母胎里一样蜷缩在空荡荡的育儿室中的一张床上，脸上呈现着一种永无尽头的冷漠的悲惨。孩子的父亲们只允许在星期天来探望。

　　船上的几个神父离去了。奥克塔夫神父的寂寞生活使他对谁都富有同情心。他靠阅读警察小说 ① 打发日子，晚上专门看卡法尔的作品。午睡以后我们又到森林里去散步，走到他常常去的一个池塘旁边。天热得让人无法忍受。他在池塘边上搭了一个小长凳，坐在那里读卡法尔。后来船上的神父又回来了（亨利神父中暑了），我们一起玩四百二十一点。七点一刻到一个偏僻的山洞里，在烛光下祈祷。

　　备忘：教堂里给麻风病人坐的长凳是水泥的，为了便于擦洗。

　　同"小姐们" ②（从事社会福利工作的妇女）一起吃晚

① 原文为法语。法国人习惯把侦探小说叫"警察小说"。
② 这些妇女虽为教会工作，但并不是修女。她们并不是终身都受"贞法誓言"的制约。——原注

饭。为了对我表示欢迎，小学校的乐队拿着火把来表演节目，大一点儿的孩子演了一个剧。这里比庸达更注意给病人以心理方面的慰藉，开辟了花园。尽一切力量改善病人的情绪。① 我们外出时，整天都有人大声询问我是什么人。奥克塔夫神父总是回答说，我是个大拜物教徒。晚上，同神父和"小姐们"玩四百二十一点，一直玩到十点多。我的卧室里有一只大蜘蛛。午夜被一场真正的热带暴风雨从梦中吵醒，雨一直下到清晨六点。

午饭后轮船就决定从瓦法尼亚返航。我非常高兴。我对这一切已经厌倦了。

二月二十一日，龙波龙巴

终于踏上归途，我的情绪高涨了起来。到各处拍了一些照片，只是为了装样子。同人谈话越来越困难（在热带旅行对体力本来就是极大的消耗，更何况语言不通）。玩

---

① 我那位持怀疑论的医生也许会评论说："如果非洲人的情绪能用花卉鼓舞起来的话。"但不管怎么说，在这种凄凉、惨淡的环境里，任何能够提高在这里工作的白人的情绪的做法都是有价值的。——原注

四百二十一点，每局必输。看到神父们总是赢牌，叫我相信玩牌真有所谓的牌运①。最后到了十一点半，总算到去瓦法尼亚的时间了。全体人员，包括几位"小姐"一起动身。十二点四十五分，轮船终于启航。船上挤满乘客，还有几头山羊和别的东西。半小时以后，轮船就愚蠢地撞到河道中央的一块暗礁上，把船舵撞弯了。船不得不系在靠近森林的一处岸边，必须把舵卸下来，点起一堆篝火。也许能把舵修直吧！修复无期，暑热难当。棕榈树叶本来有一点儿小风就会像手指在钢琴键盘上轻轻弹奏，现在却纹丝不动。

　　我的小说片断："旅客在他的日记中写道：'因为我感到不舒适，所以我是存在的。'他弄不清楚自己为什么还要记日记。也许是——'我感到恐惧，但我害怕的是一些小事：客舱里的蟑螂……'"②

---

① 我在船上刚刚教会乔治神父和亨利神父玩这种游戏的规则，就每局都输给他们。我们每天至少玩四局。这种牌戏是我在西贡（或河内）时学会的，教我玩的人是法国保安局的几个警官。当时他们的职责是监视我，也许正因为他们有些内疚，才有时叫我取胜。——原注

② 我一直感到不安的关键性的开头几乎已经来到我脑子里了。最后我写下来的是："客舱的旅客在日记中写了一句模仿笛卡儿的话：'因为我感到不舒适，所以我是存在的。'这以后他坐在那里，拿着笔，再也想不出有什么好写的了。"[法国唯心主义哲学家笛卡尔（1596—1650）曾有一句名言："我思故我在。"——译注]——原注

为了找到稍微凉快一点儿的地方，我坐在黑暗的船桥上。船长在钓鱼。星星一颗颗地出现在空中。巨大的吸血蝙蝠吱吱地叫着在树林上空盘旋。因为船上载了不少牲口，很难入睡。

二月二十二日，星期日，河上

六点十五分左右船终于又开航了。醒后感觉嗓子痛。弥撒礼。一个高大的、样子有些傲慢的非洲人拿着一本带有小圣画的祈祷书，有一张画是一个打扮成美国西部牛仔的电影明星。

九点钟的时候天黑了起来，空气凉爽，暴雨欲来，好像总得有一点儿叫人受罪的事，天气固然凉快了，却飞来成群结队的采采蝇。光线很暗，无法写字。

暴雨倾盆，继续了一个半小时。奥特拉柯公司的一艘轮船从我们后面缓缓赶了上来。

十一时雨仍未停。在贝索停靠上货。狭小的河岸上停放着三只小船，两只底朝上，有两个妇女躲在其中一只下面避雨。乘船的旅客从矮树林中走出来。奥特拉柯公司的

船终于赶上了我们的小火轮——感谢上帝，我没有乘那艘
船。在那艘船上，头等舱的旅客除了一间小小的舱房外，
只能蜷缩在甲板上几英尺见方的地方。那块地方就在轮船
机器房上面，热得要命。现在已经有一个刚果人坐在那里
了。等待登船的旅客都躲在芭蕉树的大叶子下面避雨。我
们的船需要离开，给奥特拉柯的船腾地方。这里要上的货
数量不多，而且不一定准有。船长决定立刻开船，抢先驶
到博扣卡。不然的话，那里的货物就被奥特拉柯夺去了。

　　船首拴着三只山羊。中间一只小的被一前一后两只顶
撞着，一会儿向前，一会儿向后。

　　古尔茫先生是博扣卡的一个种植园主，在非洲待了
十二年才第一次回欧洲度假。他有两个女儿在比利时，两
个小男孩这次随他一起回去，还有一个最小的留在家里。
他拿来一本《权力与荣耀》请我给他签名。①

　　　"医生说：'他是个我称之为病毒自行发完的病

---

① 　我在这里提到我的作品，只是因为对一个作家来说，在世界上一处遥
　　远、贫穷、与世隔绝的地方，偶然发现一本自己写的书很有传奇色彩。
　　相反地，如果在欧洲、美洲某个人的书架上看到自己的著作，就不会
　　有这种惊奇的感觉。——原注
　　（《权力与荣耀》是格林在 1940 年出版的以墨西哥对天主教徒的迫害为
　　背景的长篇小说。——译注）

人，不会再把疾病传染给别人了。如果我们能像检查麻风病一样检查一下人们的心灵，我们就会发现他可以画个负号。当然了，从精神上看，他是个残疾人，但我们并不为精神残疾的人花费时间与金钱，进行职业训练（我们都知道修女们怎样教会迪欧·格拉蒂亚斯这类失去手指的人编织毛衣）。虽然如此，我还是认为这个人已经找到了一个适合他的职业，直到这些愚人，这些爱多管闲事的愚人……'

'你是不是对那个女人太严厉了？'年纪最轻的神父问。

'太严厉了吗？她是这里最骄傲的女人，也是最幸福的女人。我真想告诉她那些信的事，她听了会大失所望。可是我干吗多事？我要做的事是给麻风病人治病。'"

这是我正在写的这本书结尾的一个片断。写完最后几个句子时间已是午夜。我怀疑这本书最终能不能写到这里。① 同最初我的计划相比，这篇故事已经变得面目全非

---

① 全书脱稿后，这一段文字只留下了"这些愚人——这些爱多管闲事的愚人"一个句子。——原注

[从日记中这一记载可见：格林在写作时并未按照事件的发展顺序。格林前面摘抄的一个片断是故事中主人公（格林先用 X 代表他的姓名，现在又改用 C，最后在定稿中用的是奎里）被枪杀后医生的评论。故事到这里就结束了。——译注]

了。医生成为一个尖锐的评论者，而不是直接卷入这场纠纷的人。给 C 带来灾难的是一个种植庄园的白人，一个殖民者。这个人妒嫉成性，非常愚蠢；他的妻子美丽而愚蠢。

　　能够用来代表人物姓名的字母何其少？K 是卡夫卡专用的字母，D 我已经用过了，X 有些"自我表露"，剩下的只有 C 这一字母了。我是否能按照《权力与荣耀》中树立的原则，完全不给角色以姓名呢？①

　　　　"医生惊奇地看着 C：这个人刚才居然说了句笑话。"

二月二十三日，河上

　　直到现在空气一直比较凉爽。嗓子仍然不舒服，还有些风湿痛。昨天晚上有一个人留在船上一本《东方快车》②叫我签名。船在瓦考停靠。本来在等待一个殖民者

---

① 我自己也不明白，为什么 X 一下子又变成了 C。如果想避免姓名所代表的国籍，我觉得只有以 C 作为姓名的首写字母了。D 我在《密使》（格林在 1939 年出版的一本小说，属于惊险小说性质。——译注）中已经用过。我不知道为什么我排除了其他二十二个字母，只觉得 C 可用。——原注

② 格林在 1932 年写的一本小说，一名《斯坦布尔列车》。

到船上来，但听说这人正在害热病。半夜，奥特拉柯公司的船赶来，把我从梦中吵醒。这以后船上装载的各种牲畜——母鸡、公鸡、山羊……叫声不绝，一直不能入睡。

梦见我参加了一场与红印第安人的战斗。我们应该在夜里悄悄离开这些印第安人，但因为岗哨开枪打死了一个人，敌人随时都可能向我们大举进攻。我把两支老式左轮枪上好子弹，感到很平静，也很自信。①

回程经过卢萨卡，几天前看到的那个疯子又拿着一个望远镜对轮船挥舞，示意我们通过。午饭后到达伊邦加，又去了上次拜访过的那个教会。同邂逅相逢的人在一起，有时很快就叫人感到厌烦。我希望回到朋友身边。但是离那一天差不多还要有三周呢！

上床前奥特拉柯公司的轮船在伊邦加追上我们。他们也触了暗礁，损坏了两个桨叶。

---

① 我对梦境感兴趣——不只对我自己的梦，也对我创作的人物的梦感兴趣——也许是与我十六岁时进行过一次精神分析治疗有关系。在《一个自行发完病毒的病例》一书中，奎里做梦失去圣职，到处寻找圣餐葡萄酒，实际上这是我自己做的一个梦。在我写这本书的过程中，正需要描写一个梦境。我就做了这样一个梦。第二天早晨我就把这个梦写入了作品。我写另一本小说《这是另一个战场》，完全是受一个梦境的启示。——原注

二月二十四日，河上

又是在玩四百二十一点、说笑和拍打苍蝇中度过的一天。九点左右到达佛兰德里亚，L 到船上来。在船上喝过啤酒后又到他家喝威士忌，一直谈到午夜。很久没有享受到同一个有头脑的人用英语谈天的乐趣了。

二月二十五日，佛兰德里亚

整日阴雨。看书，谈话，喝酒到午夜。尽情耽沉于愉快的社交生活中。

二月二十六日，庸达

同郁尔神父乘车去庸达。中途拜访了一个年轻行政官员——我并不想去这个人的家。这个年轻人会画画——画得并不好——出版过一本诗集。中午到庸达，很高兴立刻见到雷沙特夫妇，同他们一起吃午饭——有点儿像回到家中的感觉。雷沙特医生已为医院搞到床垫，但在铺好后的第二天发现病人仍然躺在地板上。原来修女们怕把垫子用坏，曾嘱咐病人，不许他们整天躺在垫子上。

积攒了一大堆书报、信件。

晚上见到亨利神父。照老规矩同神父们一起吃晚饭，同亨利神父、院长、约瑟夫修士玩四百二十一点。

柯齐哈特维尔不久将举行麻风院讨论会，总督届时将亲临主持。参加的人有当地部落首领和一名对麻风病毫无经验的护理人员，但庸达麻风病院没有人被邀请。

二月二十七日，庸达

恢复了旧日生活秩序，只不过不再去刚果河畔看书了。

到柯齐哈特维尔购物，买了本地产的棉布，给雷沙特太太买了一瓶香槟酒。

雷沙特告诉我，他那里有一个以美貌闻名的女修道士，出身名门，家庭富有资财，本人受过大学教育。雷沙特说："我还是喜欢不那么十全十美的修女。这个人却一点儿缺陷也挑不出来。"我问雷沙特，这个修女是不是对麻风病产生了偏爱？"没有"，他说，"只要教会吩咐，她到任何地方、做任何事都感到同样高兴。而且她非常能干。你看她开大轿车怎样掌握方向盘就可以知道。这个人可不是感伤主义者。"

读了一篇报导法属圭亚那麻风病院的文章。那里的病患者差不多都是老年流放犯。文章里谈到不远的地方另一所麻风病院中有一个怪人，是一个心理上发完病毒的人——实际上很像我书中的C。这个人自愿帮助其他病人。圭亚那的麻风病院处于蛮荒的森林中，必须租乘飞机或驾驶吉普车才能到达。这所病院是亚沃斯基嬷嬷创建的；乔治·果尧曾为她写过传记。①

---

① 我很想把计划中的这本书暂时停下来，到法属圭亚那去一趟，如果那里能给我更好的实地采访机会的话。但是我知道，这样一来我就会在一个陌生的环境里停留更多时间了。为了创作，我不得不四次去印度支那。我之所以能去那里，是因为找到了一个新闻采访员的差事。这次我选择了非洲是因为我对西非比较熟悉。战前我曾在利比里亚旅行过三个月，战争时期又在尼日利亚和塞拉利昂待过十五个月——黑非洲，不论西非和中非，都有许多共同的地方。——原注

为病院采购用品。比埃尔神父在一份商品目录里看到他从未见过的浴身盆。他认为这种器皿给脚部生有溃疡的病人洗脚很合适，他还为这件事特别给柯齐哈特维尔打了通电话，想订购一打。人家不得不向他说明，这种浴盆是为了别的用途。

二月二十八日，庸达

参观柯齐哈特维尔的麻风病诊疗所和空无一人的医院。这里的情况和庸达迥然不同：一切设备都很齐全，只是没有住院的病人。① 但我这次去柯齐哈特维尔的目的是会见诊疗所的负责人——昂德·戴·容格小姐。容格小姐是"二战"中的一位女英雄，据说她在被德国人逮捕送入集中营前，曾帮助上千名同盟国飞行人员逃离比利时。她多半已四十多岁，但样子仍很年轻，生着一双漂亮的、富有幽默感的眼睛。她告诉我，她讲英语之所以有这样的口音是因为她跟几乎所有英联邦国家的人都学过英语——加拿大人、澳大利亚人、英国人……都当过她的老师。人们

① 这是因为柯齐哈特维尔医院只治疗非传染性病人。有传染性的患者都被送往庸达了。——原注

都说容格小姐性格暴躁，但脾气只要一发过就马上平静下来。一个英国人，艾利·尼夫给她写过一本传记，用法文叫她"小旋风"。①

从刚果河上游漂流下来的水生植物对航道构成很大威胁。军队正在用药物消灭它们。据说这样时间长了，药物在水中累积不散对人体有害，能使人发疯。

黄昏的时候同医生驾车去一个种植园，后来又去寻找河马，但没有找到。到了一个叫伊孔加的村子遥望刚果河彼岸的日落景象，极为壮观。独木舟捕鱼归来，一只只从河面上悠然滑过。

棕榈树林呈现出一片幽暗的深绿色；菠萝树树干上寄生着一丛丛羊齿植物。

晚饭后同L及罗兰·威利——一个警官——到几家非洲人的酒吧闲坐，直到午夜两点才回家②。极地牌啤酒广告。骑师的白色小帽上标着"极地"两个字。妓女——

---

① 医院里的那位医生误认为我对他空空荡荡的病房感兴趣。他对待容格小姐就像对待下属一样，指使她给我们拿茶杯，不给她参加谈话的机会。回家以后我叫雷沙特医生邀请容格小姐定一个日子到我们这里来。——原注

② 有的柯齐哈特维尔白人居民认为去非洲人酒吧简直是发疯。——原注

唇膏涂在非洲人的嘴唇上呈现红紫色，皮肤上扑了一层白粉，变成灰色，像涂了一层表示哀悼的灰泥。一个老疯子穿着撕裂的衬衫，提着一只女人用的手袋。我们到最后一家酒吧时，外面正有人吵架，因为一个女人喝了一个男人酒杯里的啤酒。两个妓女在招揽主顾："这里有很多淋病和梅毒，我们可是安全的。"酒吧里的一个年轻辩论家生着一双非洲人的瘦长的手。他怀疑欧洲人是否真正有信仰。我同他谈了加纳的情况；他对加纳似乎一无所知。非洲人从来得不到世界上真正的消息。看得出来，他对白人讨论问题的真诚有一种信赖感，但同时又显得惶惑、恐惧，因为他不想使自己教条式的理论产生动摇。如果换了另外一个人，也许根本不想听我们的论点。

　　回到威利家喝啤酒。他称赞我创造的斯考比忠实地描画出了一个殖民地警官的形象 ①。两点四十五分回家；取

---

①　他的赞扬使我很高兴，正像作者总高兴听到行家的赞许似的，特别是因为斯考比这个角色曾受到乔治·奥威尔的批评。奥威尔根据他在缅甸当警察的经验，认为作为一个殖民地警长，斯考比的人情味太重了，实际上不可能有这样的警官。但我在弗里敦时同当地的一位警官有过相当密切的工作关系，我知道他很喜欢非洲人，对非洲人怀着深厚的同情。这位警官的人情味表现得很奇特——每次在他不得不去调查自缢案以后，两周内他吃不下肉去（1942 年的圣诞节就因此糟蹋了）。——原注
　　[斯考比是格林另一部小说《问题的核心》(1948) 中的主人公，小说中是非洲西部海岸一处英殖民地的警官；乔治·奥威尔 (1903—1945)，英国作家，《1984》的作者。——译注]

消了明天去湖边远征的计划。

　　备忘：治疗麻风病的特效药 DDS 也有针剂，注射时需添加油质以延长疗效。针剂或药片，医生可选择使用一种，前者价钱较昂贵，但疗效较长。问题：针剂是否每月注射一次？医生用药片治疗，一般每周给病人两次或三次的药片，每次服两片，每月并不需要有停药期。只是在他认为有必要时，才叫病人停服若干天，如在修女每年的静休期间等。维他命药片（B12？）也同伊邦加一样分发给病人，因为据说长期服用 DDS 会引起贫血，但是医生认为贫血病是由于患者腹内钩虫引起的。"给他们修建厕所会更省钱。"

　　伊孔加的一个镇议会议员在寻找工作，但因为没有文化，所以找不到。别的镇议会议员说这个人不是好人，他之所以被选入议会只是因为他是个巫医，会制一种药（用树皮等物）。巫师脸上涂着用红树皮磨成的粉末，拿着一个铃铛，在市场外面游荡。

　　最近有一位乔治神父 ① 淹死了，很多人都在谈论这件事。乔治神父在教会里除了主持弥撒外不做别的事，他的所

----

① 　不是那位船长乔治神父。——原注

有闲暇时间都用来狩猎，为一个博物馆收集野鸟标本。他自己有一只独木舟。与此同时，他同非洲人的关系很密切，不管到什么地方都同当地人亲切交谈。当他的尸体被运回来的时候，非洲人排列在道路两旁，跪下向他的遗体告别。

三月一日，星期日，庸达

　　小说里的医生说："偶尔他也意识到手术台周围非洲人的气味，这时他的心就怦怦跳动起来，像他到非洲第一天那样。"①

　　因昨天饮酒过量感到不舒服。早上差不多在床上躺到八点钟。一杯咖啡。同神父一起吃午饭。睡了很长一个午觉。读《爱情的荒岸》，已经写滥的主题。同 L 赴柯齐哈特维尔，在一家小餐馆喝啤酒。柯齐哈特维尔做弥撒时并无虔诚的宗教气氛：人人移动椅子，像在舞会上一样扭动身体，挨近前面的妇女。这些白人殖民者很让人讨厌。白人一般坐在教堂使用的矮椅子上，黑人坐的椅子要高几英寸②。

---

① 这个句子后来似乎没有采用。——原注
② 英制长度单位，1 英寸约为 2.5 厘米。

种族歧视在这里向一个相反的方向发展。白人领取收音机执照要比黑人多付钱。开庭审讯的时候，除非有证人提出反证，黑人对白人的控诉（比如说，黑人说某个白人打了他）都会被法庭作为事实接受，因此这里也就经常出现敲诈的事。欧洲人的忍辱精神——欧洲人在听说利奥波德维尔发生骚乱后给这里的修女写信说："这是我们自找的。"没有意识到自己为非洲人无私地做了不少工作。

黑人妇女的腰垫：部分原因是她们在臀部贴肉处系着一串塑料圈。越有钱这种塑料圈越多。据说这对性生活很重要。难道说他们在性交时还戴着这些塑料圈吗？

控制生育在这里并不是一个重要问题。由于淋病流行，妇女多患不育症，人口逐渐减少。L医生最近给一个八岁的女孩医治了淋症。

三月二日，庸达

"每个人都有一种自恋心理，这并不是什么反常的事。但在一个畸形的或有残疾的人身上，或在一个身体后来才变得畸形的人身上，他的美感受到挫伤，就产生一种对自己的嫌恶。虽然日久天长，他对自己的残疾也会视以为常，但这只是停留在他有意识的水平上，在他的潜意识里仍然带着这一创伤的印记。这就使他的整个性格发生了一种变化，使他对社会产生了戒心。即使我们解除了麻风病患者的一切烙印，他那由于肢体残缺而产生的不正常心理依然不会消失。"——R.V. 瓦德卡尔 ①

J 神父谈起今天清晨五点半钟住在治疗区的一个病人同他妻子吵架的事。不论在夜间任何时候都可能听到这种争吵。夫妻吵嘴的部分原因是由于妻子实际上处于被奴役的地位。最近几年女孩子才刚刚有了受中等教育的机会。上过大学的非洲人找不到与他有同等教育程度的妇女结婚。但妇女们对奴役地位的憎恨反过来又使她们的丈夫也成为变相的奴隶。妇女做最沉重的活儿，她们自己受罪，也让她们"夫君"的生活难以忍受。

诊疗室。病毒发完的病人。一个病人一只脚的五个脚趾都烂掉了，另一只脚只残存着两个；另一个病人的两个大拇指都失去了。给这些病人看病只是在心理上给他们一些安慰。

---

① 这段引文摘自庸达雷沙特医生藏书中的一篇论文，后来我用作《一个自行发完病毒的病例》卷首的一段题辞。——原注

为患神经麻痹的病人做蜡疗。融化的蜡温度不能高也不能低。病人由于神经萎缩对热并无感觉。易于失火。为了节约，一块蜡需要反复使用。

一个害热病的小孩由母亲带来就诊。医生发现孩子的胸部有一块刀伤，皮肤被割开后，上了一些当地的药物。医生非常生气，女人却推脱说这是小孩的祖母干的。

眼帘神经麻痹症。可把下垂的眼皮吊起来缝住，但病人大多拒绝这种手术。

午间小憩后再去诊疗所。一个男人睾丸上曾感染过麻风，一只乳房像妇女一样垂下来。医生用一种名为"1906"的药物为他治疗，效果很好。诊疗所里弥漫着甜丝丝的炙烧麻风病人脱下的皮肤的气味。

晚上德·容格小姐和一个朋友来访，饮酒。容格小姐畅谈她在大战期间的经历，许多事都未见记载。她同她所属的组织后来是由于两个美国飞行员泄密而被暴露的。德国人威吓这两个美国人，要枪毙他们，叫他们一程一程地详细说出从比利时到法国边境比利牛斯省的路线。据容格小姐所见，美国人在逃跑的路上，往往表现得无精打采，他们总认为到西班牙去一定有更不费力的办法，不需要步行，这些美国人没有一个会走长路的。（容格小姐说，美国人总是说，再也走不动了。英国人说，他们累得要命，但他们还是会一直往前走，直到确实走不动为止——容格小姐还来没遇到过他们真走不动的情形。加拿大人同美国人一样，也太娇嫩。容格小姐更喜欢英国人。不过在她的帮助下逃离德寇魔掌的飞行员中两个最重的病号是比利时人，在逃亡路上护送人员——她雇用的边境走私犯——不得不两小时一班轮流抬着他们。）①

容格小姐给我们讲了两个飞行员的故事。一个是澳大利亚人，叫吉奥夫；一个是英国人，叫吉姆。这两个人是朋友，在逃亡的路上两个人总是嘻嘻哈哈地吵嘴。他们的飞机被击中以后，吉姆受了伤，吉奥夫一定让他先跳伞

① 容格小姐当时刚刚二十岁出头。法国沦陷后，有一天她突然带着两个同盟国的人出现在西班牙圣塞巴蒂安市的英国领事馆，这两个人是在她的帮助下从比利时布鲁塞尔逃到西班牙来的。她要求那里的英国领事资助她一笔钱，建立一条逃离敌占区的交通线。英国领事怀疑这是德国人设的圈套，他对容格小姐说，他只对营救同盟国的飞行人员感兴趣。几个月以后，她果然护送来两名在比利时境内被击落的飞行员。在进行营救工作时，她取得了在法国和西班牙边境干走私勾当的一个人的帮助。在她最后一次护送飞行员逃离法国时，这个给她当向导的人不幸害了流行性感冒，卧床不起。容格小姐同三个飞行员（两个美国人、一个英国人）被困在一个农舍里。就在这个时候，他们被法国维希政府的警察发现了。容格小姐之所以能保住性命是因为她用了一个假名，她被押送给德国空军宪兵队以后真实身份未被发现。德国人不知道她就是盖世太保正在通缉的大名鼎鼎的德·容格。最后，她建立的这条交通线被敌人破坏是因为两个美国人向敌人泄露了秘密。有几人（包括她的父亲）被处死，一百多人被关进了集中营。——原注

降落。吉姆的降落伞没有系好，跳出飞机后，如果不是眼疾手快，一把把伞揪住，降落伞就飞走了。吉姆生得一张娃娃脸，而吉奥夫是个体格魁伟的大汉。吉奥夫背着吉姆走，一边走一边说，他一辈子也不背英国佬了。吉姆也还口说，他一辈子也不叫澳大利亚的蛮子背了。执行任务以前，他们得到了一个比利时医生的地址。他们找到了这位医生，医生给吉姆打了一针，告诉他这可以叫他有力气步行两英里到滑铁卢。到了滑铁卢，接头的人给了他们两辆自行车，叫他们骑车到布鲁塞尔。布鲁塞尔的地下工作者正好为另外两个人准备了当夜去法国的火车票（另外两个人被敌人逮捕了）。就这样，吉姆和吉奥夫连喘气的工夫都没有就马上被带上了火车。地下工作者叫护送他们的人准备一张折叠椅给受伤的人坐，因为吉奥夫脸上有一块烫伤，所以护送的人认定他是伤员，非叫他坐折叠椅不可。吉奥夫和吉姆都不会说法文，没法把事情讲清楚。每次吉奥夫站起来想把椅子让给吉姆，护送人就一把把他推到椅子上。直到火车开进巴黎火车站，吉姆一下子晕倒，护送的人才知道自己搞错了。这两个飞行员在飞机失事后一个星期又返回了英国。吉奥夫在下一次执行任务中牺牲了。

　　容格小姐给我们讲这些惊险故事好像在讲一些轶闻趣事，倒好像战争年代对她而言是最快乐的日子（在整个这场谈话中，只有一次她谈到自己精神紧张的情况）。即便是在叙述关在集中营里的生活，她也总是用幽默的口吻。在集中营里，每五个人分为一组，睡的地方极为狭窄，只能侧身睡。如果一个人要翻身，其他四个人就都得翻身。一天夜里，她听见一个布鲁塞尔的中产阶级声音非常气恼地抱怨："瞧瞧这个人。仰八脚儿睡觉，像个皇后似的。"

在我们聊天的时候，医生的室外虫鸣声唧唧不绝。容格小姐说："刚果从来没有寂静无声的时刻，只有中午过后有那么个把钟头，但那是一天中最热的时候，谁也无心去欣赏那寂静。"容格小姐还说起在比利牛斯山里，晚上也是极其安静的。①

我问她为什么到刚果来。她说："因为从我才十五岁的时候起，我就想给麻风病人治病。如果现在不来，以后就永远来不成了。"

德·容格小姐是一九四七年皈依天主教的。

三月三日，庸达

服用 DDS 的人有时候会短期精神失常。有一个病人曾要求医生把他的手脚绑起来，以免他动手伤人。"我告

---

① 德国巡逻队还离得很远很远，就能听到他们那大皮靴的橐橐声。——原注

诉他，"雷沙特医生说，"晚上八点钟你会觉得很不舒服，十一点会更不舒服。但只要再熬上几个钟头，你就会跟现在一样，再以后就更没有什么了……"这个病人听他的话果然熬过来了。

新发明的一种外敷药治疗麻风病溃疡见效很快。有的人涂了几个月溃烂的地方就痊愈了，但这种药膏气味很难闻，简直令人作呕。当然了，除涂药膏之外，病人还是需要辅以 DDS 药片的。

以前记载过的那个没有脚趾、一个睾丸肿得像个槌球似的麻风病人，同一个患有小儿麻痹后遗症的女人同居。这个女人两条腿都已经萎缩，只能在地上爬。这两个人生了一个健康的孩子。麻风病患者是个天主教传教员。

一个病患者没有鼻子，手像鸟爪一样弯曲着，双脚也是残缺不全的。

来自丛林中的一个孩子因为脚上钻进一种寄生虫，失去了一个脚趾。

利用从患者受感染的皮肤上割下的组织切片进行观察，判断无法确诊的病人的抵抗力，从而确定麻风病扩展的趋势。

三月四日，庸达

明天启程回家。雷沙特医生读了小说《拉·戛纳》，一夜没有睡好觉，梦见我们一起乘车出了车祸。

对这里的阳光有些厌倦了，空气也太沉闷。为了应酬，同总督和总督夫人饮酒，其后又同他们一起去拜会市长和市长夫人。在市长的留言簿上签了名。买了一瓶香槟酒，回家后同雷沙特医生夫妇聊天、休息。

三月五日

度过一个安静的上午。读《罗马之路》①，有意读得很慢，似乎不像小时候初读这本书时对它那么反感了。（比起《侬纳号的航行》来，这部游记的一些缺陷应该得到谅

---

① 英国作家西莱尔·贝洛克的另一本游记，1902 年出版。

解，因为贝洛克写这本书的时候还很年轻，自然有不少自我炫耀的地方。）从现在起，看书的速度一定要放慢，我怕带来的书还没读过的已经不多了。

不少年轻的非洲人都有自行车。诊疗所外面总是停了一大排，就像剑桥大学某个学院门外停放的自行车一样。

到达利奥波德维尔。M来车站迎接，带我到一家旅馆。渴望已久的热水浴，只受到两次电话和一次送来的便条打扰。

三月六日，利奥波德维尔

又是一个新闻记者来找麻烦。约定明晚和他晤谈，实际上那时我已经不在这里了。

啊，这些梦想当作家的人！同一个精神倦怠的人外出饮酒。这个人过去曾以我的崇拜者的身份给我写过信：信里谈到他的儿子和一本名叫《小火车》的书。他娶了我在刚果见过的第三个最吸引人的女人。他开车把我带到他经营的旅馆，像人们说的那样，这是他的"心"。这个人的野心是写作——写出独创的作品，哪怕只是几页呢。但现在他疲倦了，身体有病，而且已人到中年。

三月七日，布拉柴维尔

　　本以为能躲开那个记者，但还是不得不接受他的采访，赶上了九点三十分的渡轮。利奥波德维尔的小码头，一个小小的售票亭，一个海关，只检查非洲人的行李。有一个移民局的官员专门应付白人旅客。到了河对面，所有官员都是非洲人，对白人旅客不闻不问。如果哪个白人想在非洲干走私勾当，现在可真是大好时机！

　　布拉柴维尔远比利奥波德维尔漂亮，也更招人喜爱。在利奥，欧洲用一座座摩天楼沉重地压在非洲的土地上，而在这里，欧洲却退避到非洲的绿茵茵的树木后面。就是商店也比利奥的更雅静。利奥的居民管布拉柴维尔叫村镇，就承认这是事实吧，它也是个可爱的外省村镇，而不是一座枯燥乏味的城市。

　　度过静谧的一天。傍晚，乘出租车去一家书店购买龚古尔① 日记的第一卷。在屋子里独自啜饮威士忌。一个人

———————

①　法国小说家龚古尔兄弟［埃德蒙·德·龚古尔(1822—1896)及茹尔·德·龚古尔(1830—1870)］生前写了大量日记，是研究当时法国社会及文艺界的宝贵史料。

有时候是需要独自待一会儿。

　　欧洲每杀死一只虫子，在非洲国家按比例就至少要杀死一百只。一抬手就弄死一只小虫，这个动作根本不必过脑子，只不过在餐巾上或者书页上留下一抹污迹而已。

　　犒劳自己一顿美餐。但也许正因为吃得太好，夜里才没睡好觉。

　　可能引用的一句卷首引语："对于这样死的人，对于这种痛心的事，还是快快抛到门外垃圾堆上为妙。"——狄更斯

三月八日，布拉柴维尔

　　读完了《大卫·科波菲尔》。是不是缺了一幅插图，还是我的记忆有误？我肯定看到过画着斯提福兹 ① 攀附着沉船的插图，或者这只是我自己的脑子里描绘的一幅图？斯提福兹这个人物一直对我有吸引力，正像我在孩提时期

---

① 斯提福兹是《大卫·科波菲尔》中的一个人物。他诱拐了少女爱弥丽，后来又抛弃了她。后来他从西班牙乘船回来，在英国海岸附近船沉被淹死了。

读狄更斯这部小说时，摩德斯通先生 ① 和他的手杖总叫我
心惊胆战一样。也许是斯提福兹使我一直对溺水而死有极
大的恐惧感。

　　旅馆的院子里总有一些穷苦的年轻非洲人走出走进。
一个可怜的欧洲艺术家正在教他们如何在黑纸上绘制舞
蹈人形。这是一种装饰画，构思是雷同的。我猜想这种画
是专门卖给旅游者的。利奥波德维尔的一个图书馆员很佩
服这位欧洲画家，还很得意地给我看了他的一幅作品。我
觉得也不过如此，实际上同这个人的学生的那些大作没有
什么不同，只不过画幅略大一些而已。如果把这个艺术家
在这里做的事同一个美国画家在海地开展的艺术运动比较
一下，就不能不为这里的庸俗、堕落与精力的浪费感到
震骇。

　　在布拉柴维尔机场看到一个人在读大卫·奥格的
《十七世纪的英格兰》。很想知道这是个什么样的人。

　　飞机上有三月七号的英国报纸。怎么会这么快就到了
这里？

_____

①　摩德斯通是大卫·科波菲尔的继父，一个毫无人性的人。

　　利伯维尔①。美丽的小飞机场，郁郁葱葱的树木，水塘……像一个乡村火车站。看到大西洋的时候有了回到西方的感觉。一大群人来机场给一个去巴黎的非洲人送行——有男有女，有黑人也有白人。同比属刚果不同（那里的妇女还没有受高等教育的机会），这群人里面有个黑人牧师，也有几个很漂亮的黑人姑娘，西式服装，鼓蓬蓬的短裙子。人们表现出太多的热情——握手、笑语喧哗。殖民主义正在匆匆忙忙地、不体面地消失中。比较一下比属刚果白人官吏的撤离以及白人官吏被命令要用"您"来称呼黑人。但是人们还是有一种感觉：堕落的白人总是爱同堕落的黑人混在一起。下午四点半，几乎人人都喝威士忌酒。白人妇女湿淋淋的头发，像绳子一样没有光泽。

　　抵杜阿拉②时，B来接我。B是我在印度支那结识的一位老友，同B及一个美国人在酒吧喝酒。之后同B到我住的旅馆。一个真正有空调的房间，可以看到窗外的棕榈树、森林和水。黄昏时看到服装入时、化妆也很得体的女人跳舞，气氛欢乐。这在英属殖民地是没有的。同B及另一人去弗里加酒店——黑人妓女、小小的舞池。年轻的法国水手请妓女喝酒，紧贴着面颊跳舞。一个非常漂亮的女孩子，生着忧郁的、充满人情味的眼睛。

①　非洲加蓬共和国首都。
②　非洲喀麦隆的一个城市。

西非之旅

一九四一年十二月九日

　　在利物浦阿德尔菲酒馆吃早饭。建筑物沉重、老旧，但待在陆地上有一种安全、踏实的感觉。饭后乘出租汽车穿过破旧的街道去码头。一路上把检查机构没有封缄的信件一封封撕碎，扔出车窗外。码头区非常冷清，好像在过安息日，看不到一个行人可以问路。无法找到像轮船这样巨大的目标似乎有些滑稽，但最后还是找到了——一艘五千吨级的烧石油的小货轮。这是艾尔德·邓普斯特轮船公司下水不久的一艘轮船。小小的单人舱房清洁、明亮，全船只搭载十二名旅客。三名皇家海军预备役志愿军官（其中一人只出过两次海，最远到过汉堡），几名海军飞行人员，一把年纪的一个美国人，威特穆尔教授，研究拜占庭艺术的权威，一位素食主义者。此外还有两个石油公司的人，一个只会说一点点英语的奇怪外国人，此人生着一颗方方正正的大脑袋，穿着一条怪模怪样的灯笼裤。下午两点半左右，船启航了。最后望了一眼雾气笼罩的默西河河口，本以为从此就向英格兰告别了，但没想到最后望到的景象迟迟也不消失：我们的轮船又在默西河河口抛锚了。吃过午茶后船上进行遇急演习——每次乘船在海上旅行总要这么吵吵闹闹地乱折腾一番，但这次演习极其严肃认真。没有谁喜欢这种事，轮船两侧各系有一条救生艇，准备随时割断缆绳放下海，船舱里还放有几只橡皮筏子。船尾高甲板上防空员穿着卡其军服，外面套着毛衣，守在博福斯式高射炮旁边。

晚饭后一位海军后备役军官（中年人，说话带格拉斯哥的口音）热情洋溢地把船上的几名旅客组织起来。旅客都"志愿"站岗，监视敌人潜艇和飞机。

船明天驶往贝尔法斯特①。那个奇怪的外国人是个荷兰人。乘船的时候总是能收集到各式各样的消息，这同过去在海上旅行头天登船总能听到不少新鲜事没有什么两样。靠着这些零零碎碎的消息，旅客在船上就不那么寂寞了……二副过去出海，乘船曾两次被敌人击沉。

我从包裹里拿出这次携带的书籍，看了一遍每本书崭新的封面，又一一装起来，同斯帕克斯聊天。他离开海军

---

① 北爱尔兰首都。

已经十年，退役后一直经营收音机生意。这次他志愿回海军服役，不过是不愿意被征到陆军里去。船上的全体工作人员，从船长到厨师，似乎对这条船都不熟悉，他们也像乘客一样总是找不到该去的地方。

开始读埃里克·安布勒 ① 的《双面恶魔》。到一个生人家里作客，总愿意看看人家书架上的藏书。威特穆尔教授带的书有罗斯 ② 的《都铎王朝时代的康沃尔郡》。赫胥黎 ③ 的《灰色的高陵》，劳伦斯·宾庸 ④ 的诗集。F，一位可能成为我的酒友的年轻海军后备役志愿军官，带有一本《匹克威克外传》。船上的吸烟室有一个小图书室，但还没有开放。

"明天我们就要好好地组织起来了。"带有格拉斯哥口音的军官说。

今天船停泊在默西河河口，可以睡个安稳觉了。

---

① 埃里克·安布勒（1909—1998），英国当代悬疑小说作家。
② 阿尔弗利德·莱斯利·罗斯（1903—1997），英国历史学家、作家、文学评论家。
③ 这里指奥尔德斯·赫胥黎。《灰色的高陵》是他一本关于宗教和政治的论文集。
④ 劳伦斯·宾庸（1893—1943），英国诗人、美术学者。他的诗选 1931年首次出版。

十二月十日

早饭后起航。旅客轮班担任警戒，每天三班，每班
四个小时。两个人在船尾甲板高射机关炮岗瞭望；两个
人在船桥下面监视敌人潜水艇，担任防空岗的人要爬上一
架笔直的铁梯，到一个锥形塔楼里。两个塔楼每个都安
装着一挺高射机枪，四周有防护钢板。格拉斯哥口音的人
是我们这一班的头儿。一个水手教给我们怎样用机枪瞄
准、扫射。这个人是少数几个上次曾乘过这艘货轮的人之
一。有两艘船驶出默西河口后，头天晚上就受到敌人的
水雷袭击，但乘客监视哨只坚持了两天就停下来了。两
个监视潜艇的人喝得烂醉如泥，船长不得不解除了他们
的职务。我们这艘船是不会发生这种事的——这次的乘
客都是既不酗酒又非常听话的人。轮船不断鸣笛，七短
一长是紧急集合的信号。每次鸣笛都要数数，叫人非常
心烦。

阴沉、寒冷的一天。波涛汹涌。水兵戴着护头帽守卫
在机枪旁边。一个黑人伙夫向船底小便。

　　站了两小时岗，外加半小时替换上一班监视哨吃午饭。然后是担任一个小时的潜艇监视哨，寒风刺骨，特别是在船的左舷。瞭望大不易，连远处的一只海鸟也像潜艇露出水面的潜望镜。晚饭时，大副告诉我们，像今天这种天气，潜艇白天追踪轮船，就是浮在水面上也很难被发现。天黑以后，就潜入水下进行攻击。他过去服役的两艘船都是在他离开后被敌人的鱼雷击沉的，但愿他的好运气还能持续下来，每出航一次只有五天休假。

　　在机枪岗守望了一小时——没有甲板下的岗所那么冷。钢板翘起来像黑天使的两个翅膀。轮船驶过马恩岛。空中飞过一架飞机，看来是我们自己的。无线电广播传出日本炸沉威尔斯亲王号和雷普尔斯号的消息。

　　奇怪的是，在监视潜艇时想到的只是被潜艇击中的危险，而在防空岗哨上又只是想到空袭的可能。站在甲板高处，听到海风吹着电线的呼啸声宛如教堂中的大合唱。

　　吃午茶的时候感到晕船，一直躺到吃晚饭。站在船首凛冽的寒风中独自背诵圣母祈祷词，希望分散一下注意力。翘首遥望温暖的南方，常常忘记自己正处于战火中，但危险的感觉最后还是回到心里，令人感到恶心。夜晚值班的时候总是穿上一件背心，倒并不是完全为了抵御寒风。午夜时分，汽笛声使我从梦中惊醒，我数了短笛七下，没有注意到之后并没有一次长鸣，便匆匆忙忙跳下床来。我正拿不定主意该先穿哪件衣服。忽然发现四周一片寂静，不由得站在那里思索了一会儿。我的一位邻居比我还粗心。我看见一个穿海军航空兵制服的人从我门前一闪而过，但没过一会儿这个人又慢吞吞地走了回来。我们都是新手，还不习惯船上的规定。汽笛声只是报告船只驶近贝尔法斯特了。在海上刚刚度过一天，船外嘈杂的人声已经给人一种奇怪的感觉。听到一个声音在随随便便地问："你们要导航员吗？"

十二月十一日

船停泊在贝尔法斯特港外的海湾里。

几个海军飞行员总是自己在一起。这几个人的衬衫、衣领都分外干净，一看就和别的军官不同。他们整天都戴着手套。

孤岛上的阅读书目——这是我为蛰居在非洲西海岸带

的全部书籍。由于临行匆匆，吉本的著作和《安娜·卡列尼娜》都没有购到。

《莫泊桑短篇小说》[①]

《旧约》（"世界古典名著"版）

《新约》与《使徒行传》（"世界古典名著"版）

艾德蒙·高斯：《父与子》

安布勒：《双面恶魔》

瓦特尔顿：《南美浪游记》

《背包》，赫伯特·里德文集

《牛津十七世纪诗选》

《里尔克诗选》

《华兹华斯诗选》

---

① 所提到的作家与作品的情况如下：爱德华·吉本（1737—1794），英国历史学家，著有《罗马帝国衰亡史》六卷；爱德蒙·高斯（1848—1928），英国诗人及作家，除写诗外还写过很多英国诗人评传，小说《父与子》发表于1907年；赫伯特·爱德华·里德（1893—1968），英国诗人、文艺批评家，著有诗集多种及论述艺术的著作；莱内·马利亚·里尔克（1875—1926），奥地利著名诗人，对二十世纪上半叶西方文学有重大影响；《英诗金库》，系英国诗人帕尔格雷夫编辑的一部诗选，共两辑，分别出版于1861年和1896年，流行甚广；塞欧多尔·弗朗西斯·波威斯（1875—1953），英国小说家；盖斯凯尔夫人（1810—1865），英国小说家，原名伊丽莎白·克莱格霍恩·斯蒂文森，作品有《玛丽·巴顿》《克兰福德》等；本杰明·罗伯特·海登（1786—1846），英国历史画画家，他的《自传》在其死后于1853年出版。

《英诗金库》

《布罗德威版英诗选集》

《布朗宁诗选》(企鹅丛书版)

布莱克威尔一卷本莎士比亚戏剧集

T.F. 波威斯:《角落中的仁慈》

艾尔默·毛德:《托尔斯泰传》

盖斯凯尔夫人:《南方与北方》

海登:《自传》

另外还有特罗洛普 ① 的几本小说《公爵的子女们》《你能原谅她吗?》《爱亚拉的天使》《继承人拉尔夫》《美国大使》《哈里·霍斯帕尔爵士》和《马肯基小姐》。

尽管晕船和值班守望,《英国剧作家》一书每天平均仍能写五百字。②

轮船整天停泊在海湾里。后来才知道,前面谈到的那个荷兰人原来是个出生于格鲁吉亚的波兰人,第一次世界大战时曾参加过俄国军队,是一个穆斯林。他借助一张地图向威特穆尔教授解释一件什么事。突然,他那张方方

---

① 安东尼·特罗洛普 (1815—1882),英国小说家,一生共写了四十七部小说。

② 这是我当时应邀为一套丛书《照片中的英国》写的一本小册子,早已绝版。——原注

正正、像一块石碑似的大脸舒展起来，他终于找到一个懂自己语言的人了。威特穆尔好像哪种语言都懂。教授已经一把年纪了，生着一张像女性一样布满纤细皱纹的脸，戴着一副金属框架眼镜，为人极其谦恭和蔼。他在伦敦有一套房子，在美国麻省有一套房子（那是他的曾祖父传给他的，他就出生在那里），另外在土耳其伊斯坦布尔还有一个落脚的地方。

六点钟在膳食总管的房舱里收听广播。德国已向美国宣战。威特穆尔的脸上现出温和有礼的笑容："我们现在是盟友了。"

船上的图书馆已经开放。读汉利 ① 写的一本航海故事——《海洋》。觉得不够真实。根本没提到海上袭人的寒气。

发现船上的事务长是个老熟人，多年以前我乘大卫·利文斯顿号去利比里亚时，他也在那条船上工作。

在膳食总管房舱的一堆书里面有一本邓萨尼勋爵 ② 的

---

① 詹姆斯·汉利（1897—1985），爱尔兰作家，《海洋》出版于 1941 年。
② 邓萨尼勋爵（1878—1957），原名爱德华·约翰·摩顿·拉克斯·普朗克，"邓萨尼勋爵"是其笔名，爱尔兰戏剧家和奇幻作家。

作品，有西洛内 ① 的《封塔玛拉》和摩特拉姆 ② 的《西班牙农场》。

十二月十二日

轮船驶入贝尔法斯特港口。一座座伫立在高柱上的白色小灯塔；一个好像系住一张大桌子的浮标；离码头不远处有一只沉船。一台台高大的起重机像寒冬叶子落尽的树林。正在修建的轮船船壳里闪烁着绿色火花。几百名船厂工人停下手头的活，目迎一艘小货轮徐徐驶入港口。

等待移民局到船上办理手续，心烦难耐。但又何必忙着登岸，到这样一个枯燥乏味的地方去呢？也许这就是乘船旅行的心情吧！我想在轮船驶入大西洋以前还是应该去告解一次。在大多数居民都是基督新教教徒的贝尔法斯

---

① 伊尼亚齐奥·西洛内（1900—1978），意大利左翼作家，反法西斯主义战士。《封塔玛拉》出版于 1933 年，写法西斯独裁制度统治下农民的贫困生活。

② 拉尔夫·亥尔·摩特拉姆（1883—1971），英国小说家。《西班牙农场》出版于 1924 年，是他的第一部作品，获得很大成功。

特，很难找到那座人们讨厌的天主教堂。我要求在一个长老会教堂告解，一位头发蓬松的守门人却要把我赶走。"现在不是时候。"说着他就把门关上了。① 我走进一间挂满圣画的会客厅，像牙医的候诊室一样清冷、可怕。后来走进一个话不多的年轻牧师，他管我叫"孩子"，这人的理解力似乎很低。② 在同一条街上附属于教堂的小卖部正从柜台底下拿出忍冬牌香烟卖给几个老太太。

傍晚在寰球餐馆吃了二十几只戈尔韦③ 牡蛎，喝了一品脱半桶装黑啤酒。回到船上。威特穆尔同英国总领事一起吃的饭。"上一次我见到他，"教授慢声细语地告诉我，"他们正在修建一条从格鲁吉亚到第比利斯的军用公路。"

现在我才知道，那个说话带格拉斯哥口音的人原来是个每条航行在非洲西海岸的轮船上都缺不了的酒鬼。他到岸上去看了牙，回到船上给我们看牙齿拔掉以后留下的两个空洞。膳食总管告诉我们："船长听见以后说，'我还从来没有听见人这么说过呢。水手如果想去找女人，总是说

---

① 这一情景多年以后我写在了我的第二个剧本《养花室》里。——原注
② 但他对我们的船队表现出不必要的好奇心。——原注
③ 戈尔韦，爱尔兰一郡名。

他们要去买肥皂和火柴。'"

"格拉斯哥"，尖尖的小钩鼻子，带着醺醺醉意，突然把他的内心活动全部表露出来，他的样子活像一个小预言家，让你觉得他就是《驶向远洋》这类剧本中的一个主要角色，合唱队向观众宣布这艘船注定要遇难。"喂，诸位先生们，"他把我们圈在小小的吸烟室里，"今后的五六个星期里咱们谁也离不开谁啦，咱们会有极其精彩的思想感情的交流的。我早就盼望着有这样一个机会，盼望着咱们能真诚地讨论一些问题。咱们到这艘船上来人人都有自己的心思，但是在我们走出那扇门以后，咱们想的就是一件事了。咱们要进行讨论，不是争论，我不喜欢争论。进行政治讨论。我对你们是怎么想的不感兴趣，我感兴趣的是我怎么想。我们要把各人的想法捏在一起。这将是一种奇妙的经验，将是我一生中最奇妙的经历，也是最深刻的。我想把我心里想的全都告诉你们，不管你们愿意不愿意听。我不会向你们隐瞒什么，先生们，我是个醉鬼。我在八月刚刚埋葬了我的老婆，从那以后我这个倒霉鬼除了喝酒什么事都不做。现在我要重新做人了。我就盼望着咱们的奇妙讨论会了，先生们。我要学习——这是唯一值得做的事，学习。我不会学到很多东西，我只能学到一点点。但是有人说过，一本书只要有一句话能教给你点儿什么，这本书就值得一读。我要是没喝醉酒就想不起这些名言警句了。"在"格拉斯哥"这样大发议论的时候,威特穆尔教授一直客客气气,连眼睛也不眨地听着。从登船的第一天起,"格拉斯哥"就把船上的沉闷空气打破了。我好像又回到大卫·利文斯顿号上去了。

膳食总管给人们忠告。房舱的门永远也别关死。驶离贝尔法斯特以后,睡觉的时候别脱裤子、衬衫和毛衣。遇到紧急情况,在黑暗中没有那么多时间穿衣服。膳食总管认为叫潜艇击沉比挨飞机轰炸更好。一般来说,被潜艇击中有更多时间离开沉船。上次航行时,他坐的船就中了敌人的鱼雷,他们有三刻钟的时间逃离下沉的轮船。只有一个机器房的工人遇难了。

"格拉斯哥"脚步蹒跚地上床以后,那个波兰人谈论起宗教来。"我是个穆斯林,"他一边摆弄着几只酒杯一边说,"这个是黑人,这个是天主教徒,这个是新教教徒,这个是穆斯林。他们信奉的上帝是一个。"波兰人不喜欢玩英国式跳棋(他总是输),喜欢玩欧洲式的。"英国式跳棋不够味。谈不上战术。"他垂头丧气地自动宣告失败。

十二月十三日

驶出贝尔法斯特港口。又一次看见氧乙炔焊机溅射出的火花，和电焊机发出的闪闪的蓝色和绿色的电弧光。在焊接工工作的时候，航空母舰的庞大船壳像一个玩偶舞台似的被照亮了，在横七竖八的钢筋铁骨构成的背景上显出一个小小的人形，之后一切重又笼罩在黑暗里，但马上又闪现出绿光，又出现了那个小人。

在海湾里停泊了一整天。船长乘一只小艇到岸上去请示什么。有谣言说，我们要在这里停泊三天。在我们这艘船四周，停着十几只比我们的船还小的货轮。此外还有一艘驱逐舰，一艘为船队护航的巡洋航，舰上停着一架漆成蓝白两色的飞机。傍晚时分，出现了一艘悬着许多小旗的非常漂亮的小型护卫舰，像毕加索的一幅水彩画。护卫舰在停泊在海湾的众多船只间来往巡回，似乎在照看它的这些保护物。这一切都给人以即将出海远航的感觉。

大约四点半左右，船上又举行了一次演习。每个人领

到一只红色灯罩的手电筒，可以挂在肩上。这是准备万一
落水时可以迅速被人发现的救生设备。

吃过晚饭，"格拉斯哥"又喝得醉醺醺地走进吸烟
室。他只说了一句话就成功地使所有的人卷入一场争论，
他说："温斯顿 ①。我用不着他。一个政治冒险家。你们
倒说说，他干了哪件漂亮事！"我觉得威特穆尔老头一
定叫他说的话吓呆了，也许是被在座的人对"格拉斯
哥"的话无动于衷吓呆了。在此之前，威特穆尔正在东
一句西一句地低声同大家谈他的旅行见闻：开罗最好的
饭馆；高加索人如何煮咖啡；印度一种夜间放香气的花。
他坐在那里，头上戴着一顶蹩脚的、破旧软帽，脖子上
围着一条围巾（我想是他从阿尔巴尼亚带回来的）。"格
拉斯哥"又慷慨激昂地演说起来：他赞成独裁，反对民
主。突然，威特穆尔轻声插话说："我保存着一封亚伯拉
罕·林肯写给我祖父的回信。我的祖父责问他为什么不
快一点儿通过反蓄奴法案。林肯回信的最后一句话是，"
这时威特穆尔的声音变得更温柔，仿佛在低吟一首诗，
"必须叫人民自己决定，不然我们怎么比国王更伟大呢？"

---

① 即丘吉尔。这里只叫他的教名表示对他的不尊重。

　　三管轮离开了这条船，可能想转到另一条名叫艾尔号的船上去工作。他欠了轮船公司十镑钱，在付清欠款以前连喝酒的钱也没有了。轮船上的生活多么富于戏剧性啊！上一次航海的时候，我从韦拉克鲁斯 ① 登上一条德国人的船，船上的厨师因为不愿意回国而自杀了。这是一九三八年的事了。我们周围的船并不是我们船队的。明天早上我们要同我们这一船队的其他船只会合，但如果有雾就不可能找到那些船，那就又要等几个星期了。

十二月十四日

　　上午九时至下午四时大风浪，吃午饭以前因晕船呕吐。无法写东西。轮船离开海湾，同排成一列的大约七艘货轮会合。九时至十时一刻守望潜艇；十时一刻至十一时半站防空岗；简单地吃了午餐后，一时至一时半又替换另一岗哨吃午饭。站最后一班岗时风急浪高，雨中带有冰珠。下班以后身体仍然暖和不过来，只好躺在床上。吃晚茶的时候船队经过布特岛向格里诺克方向行驶，海面

---

① 墨西哥的一个州，东部面向墨西哥湾。

比较平静。我们大概正去会合另外几艘船。船的一侧是
明亮的棕色石南草荒原，另一侧是群山背后光芒四射的
落日霞晖，连海鸥的翅膀也被夕霞映得闪闪发光。我们
的船在海中抛了锚，等待着。努力写了一点儿《英国戏
剧家》。不管怎么说，这一夜是安全的，可以穿着睡衣
睡踏实觉了。膳食总管的房舱里收音机正在转播剧场实
况：喜剧演员的喊叫声和观众一阵阵机械的轰笑。午夜
船又起航了。读萨拉·葛尔特路德·米林 ① 的《巫术医师
先生》。

十二月十五、十六日

　　连续两天风浪。船迎着顶头风向西南方向行驶，速度
每小时最多四海里。两天都晕船。星期二下午值班守望
时，一架飞机低空掠过船队，一艘船向它开了枪。这架飞
机是我们自己的，但机枪手这样做是对的。即使是自己的
飞机也不允许在船队正当头飞行。两天没有写作。威特穆

---

① 　萨拉·葛尔特路德·米林（1889—1968），亦称米林夫人，生于南非，
　　并在南非受教育，写了多部传记及小说。

尔老头带着欧瓦尔廷 ①，每晚上床前都要喝一杯。

十二月十八日

　　天气只好了一天，再次波浪滔天。上午十点在膳食总管房舱内聚会，直到十二点半我去值班仍未结束。大管轮弹钢琴，事务长唱歌，膳食副总管给大家端来他称之为"三便士鸡尾酒"的饮料——掺牛奶的罗姆酒。他戴着一顶铁皮帽子表演了一个滑稽的朗诵。

　　午饭后舱房里非常安静，威特穆尔老头低声细气地谈到亨利·詹姆斯和他哥哥威廉的一段往事。《盖·道姆威尔》首场演出时，威廉同亨利及沙捞越 ② 王妃同坐在一个包厢里看戏，不过，这场演出太糟了。③ 船上

---

① 一种类似麦乳精的饮料。
② 沙捞越，砂拉越州的旧称，曾独立为国，现为马来西亚面积最大的州。
③ 我肯定威特穆尔是这样对我说的，但根据雷昂·艾德尔先生的记忆，詹姆斯并没有看这出戏的首场演出。他只是在闭幕后才出现在剧场的边厢里。——原注
　　[亨利·詹姆斯（1843—1916），美国小说家。长兄威廉是著名哲学家和心理学家。《盖·道姆威尔》是詹姆斯写的一部戏剧，1895 年首次演出。——译注]

已取消了瞭望潜艇的值班，因为我们的船行驶在船队
中间。

膳食总管告诉我他一到晚上就精神紧张。这是在他上
次乘的轮船被鱼雷击沉后第一次出海，他现在的舱房同上
次住的一模一样。管理伙食的副手精神不太正常。他过
去经历了三次船只被鱼雷击沉。一个吉卜赛人给他算卦，
说他不会再遭第四次鱼雷袭击了。威特穆尔说了格特鲁
德·斯泰因 ① 的一段轶事。她有一次演讲，有人问她为什
么她回答别人的问题时讲话很清楚，而写的文章却那么晦
涩难读。斯泰因回答说："如果有人问济慈问题，你认为
他会用《希腊古瓮》的语言回答吗？"

十二月十九日

据管理伙食的副手——那个精神不正常的人——自己
说，他在上一次大战中曾经当了两年战俘，被囚禁在西伯

---

① 格特鲁德·斯泰因（1874—1946），美国女作家，自 1903 年起定居巴
黎，主持很有影响的文化沙龙。与画家毕加索、马蒂斯，美国作家海
明威等交往甚密。

利亚。我不知道该怎样理解他的话。他说他现在大腹便便就是那段遭遇的结果。"我真恨他们，"他穿着一身白色工作服拦着你，絮絮叨叨地说，"这么高的德国崽子我都没放过。德国女人就算怀了孩子的我也不放过。要是这场战争没把我打死，我的名字一准能见报，登在毕沃布鲁克爵士办的报纸上。上次大战以后，要是我愿意，可能我已经进英国议院了。要是我死了，我已经给我的两个女儿留下了话——她们会接替我干下去。只要这回他们手下留情，英国就会出现两个叛逆者。"

"你不会死的。"

"我永远也死不了。我靠着祈祷就能长生不老。日出祈祷一次，日落祈祷一次，就像穆斯林一样。"（他是天主教徒。）

这些天来，他同膳食总管因为圣诞节即将到来非常兴奋，一刻也平静不下来。

副手每见到一个乘客就把人拦住，一本正经地请对方准备圣诞节文艺节目。伟大的计划讨论来讨论去，又一一被推翻：喝酒比赛（每人出两镑钱可以喝个尽兴）、摸彩（赢家可以得一瓶威士忌）。膳食长的房舱里总是挤满了人，热烈地讨论计划。

今天有一两个小时的阳光，天气甚至暖和了起来，但现在轮船又开始颠簸了。天空重又阴云密布。昨天晚上我们大约是驶到了同纽卡斯尔同一纬度的位置上——我们已经在海上航行十天了。

"格拉斯哥"晚上又喝醉了，他令人讨厌。"我没有一个时辰是清醒的。从吃早饭起就喝酒。我的船舱里有一瓶罗姆酒。我喝得烂醉如泥，我为此感到骄傲。为什么我不能喝醉呢？只有喝醉了我才觉得舒服，脑子才灵活。"几个海军航空兵军官看着他，脸上露出不以为然的神色。他们整天戴着白手套。

十二月二十日

又是波涛汹涌的一天。从我们轮船起碇起，这已是第十一天了。不知道现在是否已经驶过了英格兰最南端的纬度。

清晨六点左右，从一艘船上发出了爆炸声。水手听到了报警的钟声。有人说我们现在已经同法国的布雷斯特在

一条平行线上了。风浪很大，值最后一班岗时海上升起了
大雾。

十二月二十一日

　　清晨值班时大雾弥漫，能见度只有一百码左右。每艘
船都汽笛长鸣，但音调高低各自不同。大约八点一刻雾散
了，发现船队的每条船都在自己位置上，缓缓破浪前进。
吃早饭的时候，见到一艘驱逐舰投下深水炸弹，接着又很
快向船队队首驶去。这是第一次，整个上午我们都坐在甲
板上喝掺了杜松子酒的苦艾酒。我们乘的这艘船看来装
载的是 TNT 炸药和飞机。船上的乘客对这件事变得有些
神经质的幽默。傍晚，船改变了航向，向西行驶。难道我
们永远不能往南走吗？船上贴出一张布告：不系救生圈的
人不准就餐；无论走到哪里必须系救生圈。同别人一起喝
了一瓶一九二九年的博纳葡萄酒（五先令）。船上装着一
些战前酿制的好酒。波尔多红葡萄酒每瓶三先令六便士；
香槟酒每瓶二十一先令。

十二月二十二日

天气又冷起来了，但八点钟左右，船终于向正南驶去。午饭后，船队中有几艘船驶向西南方的地平线，不久就从视线里消失了。

原来在邮局工作的高射机枪手穿着毛线衫还冻得瑟瑟发抖。这人生着一对忧郁的棕色眼睛，是船上仅有的两名水兵之一。他抱怨说，船上的高射机枪没有罩子，会因为海上湿气侵蚀而生锈的。在艾尔德·邓普斯特轮船公司的办公室里，他说，年轻的女职员人人在煮茶喝。"她们的茶叶和糖好像多得用不完。"发现船上的人似乎无时无刻不在重新捆绑没有系牢的货品。

读完康普顿-勃奈特 ① 的《父母和孩子们》。匆匆写完

---

① 艾维·康普顿-勃奈特（1892—1969），英国女作家。

《英国戏剧家》中论述康格里夫的一段。① 同波兰人下了三盘棋，赢了一盘。

十二月二十三日

同膳食总管饮酒。一到晚上他就神经紧张。他躺在沙发椅上，还没有上床。船上装载深水炸弹和 TNT 炸药的货舱就在他的床下边。

据说有些船队中的外国轮船有意露出灯光给敌人暴露目标。遇到这种情况，船队指挥就指定一个会合地点，叫船只暂时分散。当外国轮船按指示地点去会合时，发现别的船都已经转驶其他航道了。

---

① 对康格里夫有些苛责，是不是因为风浪和在冷风中值班弄得我情绪不佳所致？"《乡间才子》中既可怜又可鄙的人物克朗创造了极富戏剧性的情景。但沙德威尔写得更生动，威彻利更懂得戏剧技巧。康格里夫却像个机灵的小学生，轻轻窃取了头奖。"——原注
[威廉·康格里夫（1670—1729），托玛斯·沙德威尔（1642—1692），威廉·威彻利（1640—1716），均系英国 17 至 18 世纪剧作家。——译注]

下午第一次享受到温暖的阳光，看到碧蓝的海水。同波兰人下棋。我已经没法甩开他了。如果下午我正躺着，他会从舱门外边伸进一颗剃得光光的脑袋，招呼我："来一盘？"下棋的时候他总是哼歌。"妙，妙极了，简直太妙了。"他一边说一边把走了的棋子拿回来，又悔了一步棋。一共下了四盘，我只赢了一盘。

十二月二十四日

天气更暖，阳光更加灿烂。从亚速尔群岛穿行，见到了陆地，午饭前又同膳食总管、事务长、"格拉斯哥"几个人聚会。膳食总管教给我们如何检验避孕套是否保险。从现在起可以坐在甲板的帆布椅上瞭望了。

晚上先是喝了半瓶香槟酒，之后在吃饭的时候又喝了波恩红葡萄酒，接着又喝了波尔多葡萄酒和白兰地。同伙房的人一起动手装饰房间准备过圣诞夜。准备工作发展为晚会，一直热闹到半夜两点半。避孕套吹得像气球一样，悬在船长的椅子上空。丹尼尔，厨房工作的一个黑人，表演竖蜻蜓，双脚夹住脖子。海军航空兵军官合唱《小伙子

丹尼》《爱尔兰的眼睛在微笑》《维德康贝的美人》和别的
一些歌。精神不太正常的副伙食长开始叫人不耐烦了；他
又一次朗诵（而且不知为什么每次朗诵他总是戴着一顶钢
盔）他女儿写的一首赞美商船队的诗，这首诗我们不知听
了多少次了。膳食总管戴着一顶布帽，朗诵了一首关于点
路灯工人的诗，一边朗诵一边表演。接着是厨师的表演。
他穿着一件脏兮兮的白衬衫，系着脏兮兮的围裙，一张瘦
瘦的、好像生了肺病似的狂热的脸，又长又尖的鼻子，胡
子已经有三天没刮。他唱了一首一位不知名的作者写的很
出色的民谣，调子很悲哀，民谣讲的是维斯特里号航船沉
没的故事。厨师后来把歌词抄给我，现在记在下面：

S.S. 维斯特里号的沉没

她骄傲地驶出纽约港口，
开往大洋彼岸遥远的异国。
甲板上站满旅客，双双对对，
还有孩子，个个充满欢乐。

她驶过深深的蓝色海洋，
没有恐惧，也丝毫没有畏缩。
船长卡里高高站在舰桥上，

一个老水手，历经无数骇浪惊波。

后来有一天航船遇到风暴，
她卷在巨浪里，挣扎颠簸。
一个大洞在船舷上破裂，
死亡逼进，噩运无法逃脱。

多少条生命就要埋葬海底，
多少对夫妻势将人亡家破。
亲爱的人一去再不复返，
心碎神伤，一场惨绝人寰的大祸。

船长卡里兀立在舰桥上面，
徒然想把他的死船救活。
最后他决定发出求救信号，
可惜已经太迟，航船开始沉没。

丈夫为救妻子跳进汹涌大海，
母亲紧搂孩子唯恐宝贝失落。
一片哀号，哭声震天，
连救生艇也被大浪吞没。

老船长的灰发随风抖动，

泪眼模糊，目睹一场人间惨祸。
只怪他因循踟蹰，没有当机立断，
最终犯下不可饶恕的罪过。

我们的生活也像在海洋中航行，
狂风恶浪，一步不能走错。
这个悲惨的故事教训了我们，
犹犹豫豫，终将铸成大错。

十二月二十五日

　　圣诞节活动从上午十一点开始。首先喝了一瓶香槟酒治一下昨晚的宿醉。吃午饭时收听英国全球广播，英王演说的调子很低沉。晚饭菜肴极其丰富，计有：冷盘、汤、煎鳕鱼、罐头芦笋、烤火鸡和肉肠、葡萄干布丁、冰冻葡萄汁，等等。简直像回到了和平时期。为英王、丘吉尔、罗斯福（为了威特穆尔教授）、西柯尔斯基①（为了那个波兰人）祝酒。这之后船长、大副、伙食长都来到了这个烟

---

① 弗拉迪斯拉夫·西柯尔斯基（1881—1943），波兰政治家，第二次世界大战期间曾担任波兰流亡政府的总理。

雾缭绕的房间。一位羞涩的海军后备役军官在钢琴上弹奏圣歌（他只会弹奏这种曲调），但气氛并不太适合。玩一种叫"唱、说、罚"的游戏。午夜十二点根据传统合唱《友谊地久天长》。再之后我同波兰人玩棋。船上的生活并不像我预期的那么寂寞孤独，也许是每天都有酒喝的缘故。清晨五点被一声类似爆炸的声响惊醒，本以为是船队中哪条船遭了殃，但我过分担心了。应该是因为船只突然转变航向，强风发出的拍击声。

十二月二十六日

除有些困倦外，没有什么可记的。甚至整个船队都有些无精打采。轮船比过去更加锈迹斑斑，旗子也都不悬挂了。

十二月二十七日

膳食总管精神抑郁。上一次航海时他乘坐的一艘船正是在这个地方被敌人的鱼雷击沉——那是在离开弗里敦九天以后。那一次他们的船队三天夜里连续损失了七艘船，他乘坐的那艘是最后被击沉的。本来已经忘记了大西洋上还有这样一条所谓的海峡，在达喀尔与弗里敦之间，非洲海岸凸了出来，接近巴西伸向海岸中的凸地。这一海峡成为敌人潜艇出没的狩猎场。当然了，不管政治家怎么说，每个水手都毫不怀疑，正是达喀尔这个港口现在正被敌人潜艇利用作为他们的基地。

天气越来越暖，阳光也越来越好。读赫胥黎《灰色的高陵》，极有兴趣。

黄昏时进行了第三次演习。演习后所有的人好像都离开了甲板，尽管这是一个非常温暖的夜晚。心情紧张，我不知道这是我独有的心情还是旅客所共有的。

十二月二十八日

今天是女儿的生日。午饭前喝香槟酒为她祝贺，晚上又同大家一起喝了两瓶波尔多红葡萄酒。之后在伙食长房舱里举行晚会。有一种刚刚从麻醉中清醒过来的感觉，担心上岸以后会感到寂寞。不再喝杜松子酒，总叫我心情抑郁。

十二月二十九日

开始感到蒸人的热气。一整天船行驶很慢，可能正在和另外一些船只会合。夜间做噩梦，是常常做的那种。好像陷入一片黑暗里，无法逃开。

十二月三十日

船队指挥乘坐的那艘船机器出现故障。一艘护航舰留下进行护卫。谣传我们的位置正在达喀尔对面。

下午异常炎热。在甲板上看书：阿嘉莎·克里斯蒂的《阳光下的罪恶》和里尔克。好像回到了战前海上航行的幽闲日子。总有一种错觉，认为这是在和平的日子里，是在度假，但马上就想起船队正面临敌人偷袭的危险，想到随时都会发生一次爆炸。

午饭前、晚饭前都在伙食长房舱里聚会。在炎热的天气里非洲西海岸的故事像热带植物一样繁衍丛生。一个人怎么会把八年前的事记得那么清楚呢？一个故事说，医生给一个黑人女孩子开刀，从她乳房上割下了肿瘤，扔向她的亲属说："就是这个坏东西！"

船上的黑人水手每天领一定数量的大米代替部分工资。这些人坚持用盛烟草的洋铁罐作计量器，他们不知道只要用大姆指在罐头底上轻轻一按，每一罐的容量就会减少一些。

一个空军人员患便秘，早上愁眉苦脸地在甲板上转来转去，但他并没有忘记戴白手套。"有时候一连十七天都不通。"他告诉我说。

十二月三十一日

昨天夜里十点钟船上波动起来，不是因为看到了一个岛屿，就是因为远方地平线上出现了灯光。船队在夜间行驶实行严格的灯火管制，像凡尔纳科幻小说里描写的那样。后来发现昨晚看到的是一艘西班牙或者葡萄牙的航船 ①——这是我们离开英国本土后第一次在海面上看到的灯光。

早饭后不久，船队指挥的轮船赶上了我们。第一次见到陆地，远处的地平线。不是一只海鸟，而是一艘桑德兰快艇在海上巡弋，搜索敌人的潜水艇。看到这艘快艇，船上的人都情绪高涨，好像在此以前我们一直迷失在茫茫的大海里。

昨夜又做了噩梦。一个朋友用一把切面包的刀子在脖子上随随便便一抹，就割开一个血口。他把耷拉下来的肉皮掀开，查看伤口割得深不深。在我送他去医院途中，看

---

① 这些葡萄牙定期航轮叫我和斯考比在弗里敦的日子很不好过。一次又一次地有人到船上搜查走私的钻石，检查信件。哪一班船上也没发现钻石，信件的内容也都看不出什么问题。只有一次发生了一件带有刺激性的小小事件。有人怀疑一艘已驶出港口水栅、快要离开三英里海域的航船上载有一名间谍，请求殖民地大臣下令海军截住这艘船。另外一次，在一名涉嫌旅客的通讯簿上有我一个朋友的名字，这人叫丹妮丝·克莱鲁恩，是一名住在法国的女翻译家。（后来她以间谍罪被德国人逮捕，死在一座集中营里。）——原注

到一个女人开车撞倒人行道边上的一个小孩，孩子同我自己的儿子年纪差不多。后来那个开车的女人下了车，漫不经心地踩着这个男孩的身体走过去。我朋友伤口上奄拉下来的皮蜷缩起来，露出血淋淋的喉核。

船队突然改变了航向。有一段时间我的这艘轮船好像孤零零地在海上行驶，给人以极其凄凉的感觉。

新年晚会，人人开怀畅饮。厨师的爵士乐队做了表演，乐器是勺子和铁锅。黑人厨师丹尼尔在过道上跳舞，竖蜻蜓，双腿盘着脖子。在摔跤比赛中，伙食长在厨房跌倒，脑袋磕破了一个口子。晚饭吃煎鱼和土豆片。晚会一直进行到午夜两点半钟。

一九四二年一月一日

波兰人眼睛闪着光谈论娶三个老婆的优越性："一个老婆她当家，三个老婆我为王。"

一月二日

整天有一架水上飞机伴随着船队。船队分开了。几艘甲板上装载着机车的货轮向开普敦方向驶去。我们十一艘船仍然有护航舰护送。

夜间异常炎热，又谈起多妻制问题。有人问那个波兰人："在这样炎热的夜里三个老婆怎么对付得了？"

"啊，你想的是欧洲人的情欲。东方人的情欲可不一样。那里有草地、喷泉。花园里有特大号的床。"

夜里十一点钟，在六十英里外的地方据说发现了一艘潜艇。另一个谣言说，四天前我们船队就被一艘潜艇追逐了一段时间。

一月三日

我们的船只前面出现了另一支大船队，从远处看，只能望到船舱和烟囱，多半也是运输货物的。

非常热。上午十点左右在蒸腾的热气和烟雾中看到了伫立在弗里敦后面的山峰。中午以前轮船驶入港口的水栅。海湾里停泊着无数船只。气泡形状的怪异山岭，黄色的海滩，诺曼底教堂建筑式样的英国圣公会红砖教堂。过了这么多年，经过动乱之后，这些景象重又闯进一个人的生活，让人觉得既奇怪又富于诗意，同时也不无鼓舞的力量，这就像看到一个在梦中到过的地方一样。甚至从陆地上飘来的一阵阵炽热的、甜津津的气息——是干枯的植物、红色土壤、紫茉莉的气味吗？是克鲁人小镇的木屋里在烧饭还是当地人放火烧荒的烟味？——也让人感到奇特地熟悉。对我说来，这将永远是非洲的气味，而非洲则永远是维多利亚地图上的非洲，是一个没有探索过的充满空白的心形大陆。

译后记

　　一个偶然的机会，得知三联书店正在编辑一套《文化生活译丛》——介绍外国作家、作品的小丛书，评论、随笔、传记、书信集……体裁不拘，不求作品如何深邃，只希望它能开一扇窥视巨宇大厦的小小的窗口——但愿我没有理解错编辑的意图。友人 L 也参加了这一套丛书的选题审定，问我有没有什么书可以推荐。我想凑个数，于是提出翻译格雷厄姆·格林的日记《寻找一个角色》。

　　一个"场景"出现在一位作家的脑子里。"一个陌生人没有任何明显原因突然出现在一个偏远的麻风病治疗地。"这个人是一个功成名就的建筑师，他厌倦了世情、事业、爱情、宗教信仰都已走到了尽头。这个麻风病治疗地在黑非洲，在"黑暗之心"，负责人是几个天主教神父。他只身漂流到那里，像河面上的一个漂浮物偶然被挂住，就停了下来。这个作家为了寻找这个人物，千里迢迢从欧洲飞到刚果利奥波德维尔，又深入内地到一个地图上无法找到的名叫庸达的小镇。他生活在失去脚趾和手指的畸形人中间，他乘着闷不透气的小火轮在刚果河上航行……整整两个月，他一直在蛮荒异地，在热带丛林里追寻。这个

作家就是据说曾二十余次被推荐为诺贝尔文学奖候选人而
始终未入选的英国当代作家格雷厄姆·格林。他在非洲的
这一段经历就是这本题名为《寻找一个角色》的薄薄的
日记。

　　一九六一年，根据他在刚果观察到的大量材料写成
的一部小说《一个自行发完病毒的病例》问世了。在此
以前，格林已经写了十几部作品。一部曲折复杂的惊险小
说《斯坦布尔列车》为他的文学生涯奠定了基础；一部
写青年人犯罪的小说《布赖顿棒糖》，使他一夜之间发现
自己成了"天主教作家"（"真是个可厌的头衔！"）；接着
是作者自己承认的唯一以宗教问题为主题的小说《权力与
荣耀》。《问题的核心》出版于一九四八年，尽管作者自己
对这部作品并不满意（"这本书一定具有某种腐蚀力，因
为它太容易打动读者的软心肠了。"），却给他带来了成功
和更高的荣誉。评论家们为格林是不是天主教作家争得不
可开交。格林恼怒了，"我不是什么天主教作家，我只是
一个碰巧成了天主教徒的作家。"[①] 他甚至引用英国一位作
家和神学家的话，否认有所谓的基督教文学。[②] 但不止评
论家，就连一些天主教教徒读者，甚至包括一些天主教神

―――――――――

① 见格林《逃避之路》一书中的第二章第四节。
② 见《逃避之路》第二章第四节。

父，对格林也不依不饶。他们缠着他向他倾诉自己精神上的痛苦，指望他能够指导他们拯救自己的灵魂。格林被这些"宗教上的受难者弄得精疲力竭"。"我没有担负拯救世人使徒的使命，"格林呼喊道，"由于我无能为力，要求我在精神上予以援助的呼吁已经弄得我快要发疯了。"是出于激愤吗？是对那些虔诚的教徒读者的嘲弄吗？不管怎样，格林在这部新作里写了一个完全失掉了宗教信仰的人。"我已经退隐了。""我不知道我是否可以称为天主教徒。""神父，假如要我说实话，我根本不信上帝。"主人公一再表白自己说。这一下可使很多一向奉格林为"领路人"的人大为震怒，就连他的好友——另一个英国天主教作家伊夫林·沃也为此感到痛心。"让我祈祷上帝，"沃给格林写信说，"这只是你的一时气愤，莫林与奎里①的绝望结论完全是小说的虚构。"格林和伊夫林·沃书来信往，辩论小说的宗教主题问题。如果读者有兴趣的话，不妨翻一下格林自传《逃避之路》对这次争论的记载，这对了解格林的创作观也会有些帮助。

　　对大多数读者来说，《病例》一书之所以有吸引力还在于格林对一个人内心世界的挖掘。他剖析的也许是一种特殊的精神世界——悲观绝望与重新获得心灵平衡。当

---

①　莫林是格林短篇小说《重访莫林》中的主人公；奎里是《一个自行发完病毒的病例》的主人公。

然，这本书的主题远远超过了一个"畸零人"的个人故事。通过这个人的遭遇引起读者一系列深思：世俗偏见、愚昧的虔诚，直至西方精神文明的危机。故事被安排在非洲的黑暗中心，使人不能不联想到文明与野蛮、白人文明与非洲原始力量的冲突。当然了，这一角非洲是"格林国度"的领土，读者像游历"格林国度"的任何一个地方一样被迷惑了：原始森林、蛮荒的习俗、传染昏睡病的蝇子、身体畸形的麻风病患者……但慧眼的读者在这一切异乡情调之后，一定还会发现一些更激动人心的东西。

读完了《一个自行发完病毒的病例》，回过来再翻一下《寻找一个角色》，我们可以看到一个作家是如何严肃地进行创作的。虽然这只是创作全过程的一小部分（根据格林自述，《病例》一书共写了十八个月才完成，而日记只是两个月的经历记载，幸好格林在脚注中补记了不少对此书最终的修改），但还是能使我们了解他的一些创作方法：概念的诞生、素材的搜集、人物塑造、情节安排，甚至到故事的某些片断。

"小说家非常节约，有点儿像精打细算的家庭主妇。只要是迟早或许有用的材料，不管什么，他都不肯轻易抛掉。"格林在一则日记的脚注中这样写道。我们看到，格林在刚果期间不只利用一切机会了解有关麻风病的种种情况，以求他的作品在医学上真实可信，不只观察、记录当地的风俗习惯、自然风光，而且孜孜积累种种可以用在小说中的材料：一个小故事（希腊店主如何报复与妻子通奸的店员），一条非洲谚语（"蚊子并不怜悯瘦人"），一个通知（"昏睡病流行区，谨防采采蝇"），当地人信口哼唱的一支民歌，甚至非洲人的姓名、说话的习惯、走路的姿势……我们仿佛看见这位文学巨匠在海边不断俯身捡拾贝壳，把它们一颗颗珍藏在记忆的盒子里。正是因为"格林国度"是用作者这样辛勤积累的贝壳装饰起来的，所以它才这样绚烂，这样真实。

日记记载了在一部作品完成前，作者对每一个段落、每一个情节的种种构思。一段文字落在纸上又被抛弃。一个人物的特点后来又移到另一个人物身上，好像他拿着一件剪裁的新衣，叫不同角色一一试穿，最后才决定该穿在谁的身上最合身。对于故事的开头，他极其慎重，做了不同的尝试。"对于小说作者来说，"他在日记中写道，"如何开头常常比如何结尾更难把握。在一部书已经写了一两年后，作者与自己的潜意识已经达成默契，小说的结尾常会自行出现，不需要作者如何思索就形成了。但如果一部小说开头开错了，也许就根本写不下去了。"这使人想到英国女评论家伊利莎白·鲍温在《小说家的技巧》里的一段话："一篇好故事的开头一定要好。它总是从一个使人希望看到下文的情景开始，或至少暗示将出现这样一种情景。"在二月二十一日这天的日记脚注里，我们终于高兴地读到了这样的记载："我一直感到不安的关键性的开头几乎已经来到我脑子里了。最后我写下来的是……"这已经非常接近最后的成文了，果然是一个"使人希望看到下文的情景"的开头。

我们看到了作者在完成一部名篇时的孜孜寻觅，看到他在苦心孤诣地推敲，看到他独具匠心的剪裁。一部情节并不复杂但既富于戏剧性又含有哲理的作品就这样诞生了。

格林的某些创作方法或许是我们难以理解的。他怎么会因为一个梦境的触发就写一部小说呢？① 如果凑巧我们读过《逃避之路》，就会发现促使他写《问题的核心》的是"沼泽地、连绵阴雨和一个发疯的厨师"。② 这次又是这样：只因为头脑里有一个场景。难道一部作品会因为这样一个简单的诱因而产生吗？也许我们的脑子早已被旧的和新的"文以载道"的理论充塞，早已习惯了写文章必须先立意再布局，如今我们发现一个作家，一个有名气的作家居然是这样着手写一部作品的，就会悚然一惊。但在惊诧之余，还是会进行一番思索的。

读了格林的日记（包括第二部记载第二次世界大战海

---

① 见二月二十三日日记。
② 见《逃避之路》第四章第二节。

上航行的日记），还使我们了解到这位名作家的一份阅读书目。最令人感兴趣的也许是他为到西非去过一段"与世隔绝"的生活而准备的一套书：从《圣经》到埃里克·安布勒的悬疑小说，从《里尔克诗选》到《托尔斯泰传》。制定一份孤岛书目，有多少人在各种迥然不同的形势下反复做过这一既伤脑筋又饶有兴趣的事！在上山下乡的日子里，在下干校的日子里，再往远里一点儿想，在战争年代流离失所的日子里，每个人的简单行装大概都有一个角落留给他精心筛选的几本书。这几本书也许比一整箱书、比平时的一个小图书室更为珍贵。